AF163152

Bernd Sibitz

Ich springe aus dem Fenster und radle davon

novum pro

www.novumverlag.com

Bibliografische Information
der Deutschen Nationalbibliothek:

Die Deutsche Nationalbibliothek
verzeichnet diese Publikation in
der Deutschen Nationalbibliografie.
Detaillierte bibliografische Daten
sind im Internet über
http://www.d-nb.de abrufbar.

Alle Rechte der Verbreitung,
auch durch Film, Funk und Fernsehen,
fotomechanische Wiedergabe,
Tonträger, elektronische Datenträger
und auszugsweisen Nachdruck,
sind vorbehalten.

© 2021 novum Verlag

ISBN 978-3-99107-854-8
Lektorat: Leon Haußmann
Umschlagfotos: Manfred Georg Traar;
Katarzyna Bialasiewicz |
Dreamstime.com
Umschlaggestaltung, Layout & Satz:
novum Verlag
Innenabbildungen:
Manfred Georg Traar

Gedruckt in der Europäischen Union
auf umweltfreundlichem, chlor- und
säurefrei gebleichtem Papier.

www.novumverlag.com

Für meine Kinder

Inhalt

1. Auf und davon: Ich springe aus dem Fenster
   und radle davon 7

2. Bernd's Sternstunden beim Schwimmen 24

3. „Auf einen schönen Urlaub" 33

4. Das war Bibione 2018 38

5. San Nicolao 41

6. Und irgendwann bleib i dann dort! 45

7. Warten, bitte Warten! 49

8. Der kaputte Kanaldeckel in Chisinau
   und eine Begegnung der besonderen Art 57

9. Eine Autofahrt im Winter 67

10. Afghanische Impressionen
    (Afghanistanreise mit G.F. Jonke) 74

11. Panik in St. Ruprecht 78

1. Auf und davon:
Ich springe aus dem Fenster und radle davon

Wir wohnten im Erdgeschoß im Gemeindebau. Eine Zweizimmerwohnung. Meine Mutter, meine zwei Jahre ältere Schwester und ich.

Wir schreiben das Jahr 1960. Es gab keine „Aufklärung", die Filme „50 Shades of Gray", „Emanuela" und andere wurden erst viel später gedreht. Die Oswalt-Kolle-Filme über Sex und Beziehungen kamen erst später, wie auch das Playboy-Magazin und die HIV-Aufklärungswelle. Die Mädchen trugen den Minirock und enge Blusen, die vorne unter dem Busen an den Enden zusammengeknotet waren. Uns Jugendlichen blieb die feuchte, dadurch angeregte Fantasie. Im Keller des Gemeindebaus gab es die Waschküche, die abwechselnd von den einzelnen Parteien genutzt wurde. Anita vom zweiten Stock trug öfters die Wäsche zum Trocknen in den Hof, die klatschnasse Bluse ließ ihre Brust in ihren Umrissen deutlich erkennen und machte mich richtig heiß.

Natürlich gab es die Musik von Elvis Presley und Peter Kraus, und die Schelte der Erwachsenen über die Halbstarken; die Musik der Beatles wurde abfällig als Negermusik abgetan. Die Zeitschrift „Bravo" war der Meinungsmacher für uns Jugendliche. In der Mitte der Zeitschrift war ein fast lebensgroßes Bild zum Herausnehmen, um es an die Wand zu hängen. Im Radio spielte die Sendung „Autofahrer unterwegs" und Samstags, im Keller des Konzerthauses in Klagenfurt, gab es „Tanzmusik auf Bestellung", eine Disco für uns Jugendliche. Die etwas besser Gestellten gingen ins Cafe „Lerch" zum Tanzen oder in die Tenne in Krumpendorf zu den Bambis, mit ihrem Hit „Melancholie im September".

Meine 14jährige Enkelin würde sagen „tiefste Steinzeit!!!".

Eltern waren noch Personen, vor denen man Respekt und vor allem Angst hatte.

Meine Mutter brachte als Verschärfung noch Gott ins Erziehungsspiel. „Ich bin die von Gott eingesetzte Instanz, die für euch zuständig ist", sagte sie und ließ damit jede Kritik im Keim ersticken. Wer kann gegen Gott schon was tun?

Ich war in der Schule immer schlecht und bekam daher diese Gardinenpredigt sehr oft zu hören.

Am Fensterbrett gurrten die Tauben und stritten sich um die Speisereste, die meine Mutter immer verbotenerweise hinlegte.

Diesmal machte sie es besonders ernst!

„Ich muss Euch was erzählen" sagte sie, in dem sie die Rollos herunterließ.

Wir wussten ja von früheren ähnlichen Situationen, dass jetzt was Ernsteres kommt. Meist nichts Gutes. Oft war ich der Anlass! Oder aber sie hatte wieder einmal Probleme mit unserem Großvater, oder, oder … was weiß ich … Die Welt war für sie immer voller Sünde!

So wurden dann ihre Probleme zu unseren.

Das Zimmer war halbdunkel, Mutter setzte sich uns beiden gegenüber und schaute uns traurig an. Machte eine lange Pause. Holte tief Atem. Pause. Lange Pause.

Meine Schwester mit Zöpfen und brav angezogen, ich mit kurzer Lederhose und Kniestrümpfen. Wir warteten gespannt, was da auf uns zukommt. Dann plötzlich, ich war im Gedanken schon im Freien, im Hof oder bei meinem Großvater, einfach wo anders!

Ihre Stimme war zittrig und weinerlich.

„Ich muss euch erzählen …" Und dann legte sie los, wie sie als junge Frau erfahren hatte, dass ihr Mann, unser Vater, im Krieg Frauengeschichten gehabt hatte, wie sie sich scheiden lassen wollte, dass das aber im Krieg nicht ging. Später, nach dem Krieg, hatte ein englischer Besatzungssoldat sie ausgenutzt; er hatte gesagt, er sei ledig, was aber nicht gestimmt habe. Sie wäre von Männern nur belogen und betrogen worden.

Meiner Schwester gab sie die Botschaft mit, den Versprechungen der Männer nicht zu glauben und mir den Auftrag „mit Frauen nicht zu spielen", sie nicht zu verletzen, sie ernst zu nehmen.

Dann erzählte sie, wie sie sich dem Großvater gegenüber durchsetzen musste, damit er uns unterstützt, sogar vor Gericht sei sie gegangen …

Das Gurren der Tauben wurde immer lauter und die Stimmung im Raum immer beklemmender. Ich überlegte die ganze Zeit, wie ich da wegkommen könnte. Jetzt wurde noch ein gemeinsames „Vaterunser" gebetet. Dann, zum Zeichen, dass die Besprechung zu Ende war, ging sie zum Fenster, ließ die Rollos hoch und öffnete das Fenster.

Ein Signal für mich. Ich stürzte zum Fenster, sprang hinaus, kam auf den Rücken zu liegen und derrappelte mich, und setzte mich auf mein Fahrrad und radelte davon. Ich fuhr um mein Leben! Nur weg da!

Meine Mutter und meine Schwester, so erzählte mir meine Schwester später, hätten mir überrascht zugeschaut und meine Mutter hätte dann gesagt: „Lass ihn, er fährt sicher zu seinem Großvater und kommt morgen zurück"!

Großvater

Jedes Mal, wenn es regnet, muss ich an ihn denken.

„Hörst du das auch?"

„Jetzt freu ich mich aufs Schlafengehen", hat er gesagt. Der Regen prasselte aufs Dach der kleinen Keusche, die in Aich bei Grafenstein stand. Er war naturverbunden. Ich sehe ihn vor mir, mit seiner blauen Schürze, die an beiden Enden in der Mitte zusammengebunden war. Man konnte die Schürze dann als Tasche verwenden. Meist sammelte er irgend etwas. Schwammerl, Kräuter, oder Früchte, was er gerade so fand. Er las regelmäßig die Zeitschrift „Nach der Arbeit", wo er sich Tipps über das Veredeln von Bäumen, Schnapsbrennen und andere praktische Dinge für die Arbeit als pensionierter Bauer holte. Er sammelte Kräuter, wie zum Beispiel das Tausendgüldenkraut, von dem er sich große Wunder versprach, ebenso wie von Johanniskraut, Arnika und Eisenkraut.

Die Keusche war bei „Schlechtwetter", wenn ich grantig war und mir beim Radeln Zeit ließ, 35 Minuten von Klagenfurt entfernt, bei „Schönwetterlage" eine Stunde. Heute war Schlechtwetter, wegen dem Streit mit der Mutter.

Ich fuhr mit meinem Puch-Jungmeister-Fahrrad die Bundesstraße 17 Richtung Osten und bog dann nach rund 12 Km, nach der Gurkerbrücke, rechts ab. Unterfischern und Aich stand auf dem Straßenschild. Der Feldweg führte leicht abwärts Richtung Süden, zur Gurk, bis zum letzten Haus im Dorf.

„Hast wieder Streit gehabt?", fragte Großvater mich verständnisvoll. Ohne auf meine Antwort zu warten, gab er mir einen selbst gemachten Most mit viel Wasser.

„Kannst gleich mitkommen, ich wollt eh schauen wieviel Erd' die Gurk mit gerissen hat. Es hat ja so stark geregnet."

Wir gingen einen Waldweg hinunter zur Stelle, wo die Glan in die Gurk mündet und eine schmutzige Brühe die Ufer unterschwemmte.

Er nahm unterwegs ein Blatt von einem Nussbaum, zerrieb es mit seinen Händen und gab es mir zum Riechen.

„Riechst's? Gut, gell? Als Kind hab' ich es in ein Heft hineingelegt, gut, gell?"

Ich nickte nur und verstand den Sinn des Ganzen nicht.

Ein andermal zeigte er mir den Schlehdorn-Strauch. „Daraus kann man gute Marmeladen machen; ist gut gegen Rheuma!"

Besonders ins Schwärmen kam er bei Vogelbeerbäumen.

„Die sind vielleicht gut, als Schnaps!"

Ich erinnere mich, dass wir einmal im Jahr in den Wald gingen, um Vogelbeeren zum Brennen zu pflücken. Er, der 70jährige Pensionist und ich, der 16jährige Mittelschüler.

„Ich hab da einige Bäume gesehen, da holen wir uns die Beeren. Den Sack stellen wir bei einem Bauern ab, ich hab auch schon wen, der ihn dann abholt und mir bringt." Er ereiferte sich und war ganz Feuer und Flamme.

Es wurde dann doch nichts aus dem Schnaps, weil die Beeren alle verbrannt sind.

„Ich hab alles wegschütten müssen, weil ich sie zu wenig gerührt habe", sagte er enttäuscht.

„Aber dafür ist der normale Obstler was worden! Aber wie auch noch!"

Ich hab noch das Bild vor mir, wie er genussvoll in der alten, dunklen Küche sitzt und Schwammerl isst.

„Sind Brätlinge" sagt er „die schmecken besser wie ein Wienerschnitzel. Wenn man sie klaubt, sind sie unter der Kappe ganz weiß und Milch rinnt vom Stamm herunter und nachher werden sie ganz fleckig und schiach."

„Und die schmecken so gut?"

„Ja, willst kosten?"

„Nächstes Mal, wenn wir in den Wald gehen, zeig ich dir das Platzerl, wo ich sie immer find'!"

Im Wald war er zu Hause. Im Sommer wie im Winter.

Einmal zeigte er mir ganz stolz die ersten Schneeglöckchen.

Er war ganz froh darüber, dass er früher dran war als die Fanni, die achtjährige Tochter vom Großbauern im Dorf.

Genauso, wie er sich vor Schadenfreude nicht zurückhalten konnte, wenn er davon erzählte, wie er einem Finanzler, der zu überprüfen hatte, ob er wohl nicht zu viel Obst brennt, seinen Schnaps zu kosten gegeben hat.

„Der hat sich nicht mehr auf seinem Fahrrad halten können und seinen Rausch im Obstgarten ausgeschlafen!"

„Freilich hab ich mehr gebrannt als erlaubt war", erzählte er mir stolz.

An seine zweite Frau, also meine Stief-Großmutter, erinnere ich mich nur wenig.

Einmal, dass sie eifersüchtig auf die Schwester meines Großvaters war, die auch in der Keusche ein Zimmer bewohnte und ihr vor die Wohnungstür einen Eimer voll Kaschpel geschüttet hat.

Und dass sie uns, meinem Großvater und mir, wenn wir in der Frühe in den Wald gingen, immer Kreuzerln auf die Stirne machte und „Kommt gut heim Gottes Segen" sagte.

Mein Großvater hatte in der Papratnitza, einer Bergregion am Radsberg, einen Wald. Eine Schneise von circa 20 Meter Breite und circa 500 Meter Länge.

„Dahin müssen wir wieder einmal schauen gehn", sagte er, „die stehlen mir Holz da heraus!"

Wir gingen zeitig in der Früh, das Gras war noch nass und die Erde aufgeweicht. Wir nehmen den Feldweg, auf dem die Bauern ihre Kühe in der Früh in die Halt treiben, um sie abends wieder zurückzuholen.

Früher, als mein Großvater noch selber Kühe besaß, hatte auf einer dieser Halten mein Vater in den Stamm einer Birke seinen Namen eingeritzt. Heute wundere ich mich, dass er mir damals nicht mehr von meinem unbekannten Vater erzählt hat und dass ich nicht nachgefragt habe.

Es war schwer zu gehen, mein Großvater redet nichts. Erst als wir dann auf einen befestigten Weg kamen und eine Brücke über einen Seitenbach der Gurk überquerten, sagte er: „Die Straße hat der Hitler gebaut, die Brücke da auch." Er war stolz drauf und ich wunderte mich, wie es dazu kam, dass Hitler hier in dieser Gegend als Straßenbauer unterwegs gewesen war.

Nach einer Straßenbiegung trafen wir einen Keuschler, den Großvater kannte und mit dem er sich auf „Windisch" unterhielt. Da ich ohnedies nichts verstand, außer „Feuerwehrleiter" oder „Schnapsbrenner", Worte, die Großvater in diesem slowenischen Dialekt nicht kannte. Ich war mit meinen Gedanken allein.

Warum hatte es Hitler in dieses Dorf verschlagen, um eine Straße und eine Brücke zu bauen?

Was war mit meinem Vater in jungen Jahren los? Ich habe ihn nie kennengelernt. Auf einem Foto hält er mich als Baby in den Armen. Auf einem anderen Bild sieht man ihn in Uniform mit zwei Ritterkreuzorden. Ich habe nie nachgefragt, um Genaueres zu erfahren. Er galt als vermisst und wurde dann für tot erklärt. Das waren die Fakten!

Warum mein Großvater nicht in den Krieg musste, ist ein anderes Rätsel.

So viel habe ich dann doch gehört, dass er für die Versorgung in der Heimat wichtig war. Einmal erzählte er, wie die „Weiber" mit den „Riffeln" Heidelbeeren und Preiselbeeren gesammelt haben. Die Ernte wurde dann waggonweise, wie er sich ausdrückte, zum Pagitz gebracht, einem Betrieb, wo sie zu Saft oder Marmelade verarbeitet wurden.

„Das war eine schöne Arbeit" sagte er.

Ich erinnere mich, wie er einmal ganz pünktlich um 20 Uhr in sein Schlafzimmer ging und das Radio, einen alten „Volksempfänger", einschaltete und eine Sendung von Mosche Meisels hörte.

„Wennst ganz leise bist, darfst mithören" sagte er zu mir. So saßen wir in der tiefsten Provinz und hörten dem Mosche Meisels zu, wie er die Weltlage erklärte. Jeden Donnerstag abends um 20 Uhr kam für eine halbe Stunde die große weite Welt ins kleine Kärntner Dorf an der Gurk.

Wenn ich bei ihm übernachtete, dann immer in einem „Verschlag", der direkt unter dem Dach gelegen war. In diesem Bett hat auch schon mein Vater geschlafen, so erzählte er mir. Am Fußende des einfachen Feldbettes waren 2 Schwerter in einer Scheide, die wohl noch von dem Bruder aus dem 1. Weltkrieg waren. Warum er und warum auch mein Vater hier geschlafen hat, weiß ich nicht. Ich war wohl zu müde, um mir darüber Gedanken zu machen oder danach zu fragen.

Ich hörte, wie im Nachbarhaus, einem kleinen Landgasthaus, geredet und später gegrölt wurde. Besoffene, laut schimpfende Männer torkelten nach Hause. Meinen Großvater habe ich nie besoffen gesehen.

Spannender war für mich, wenn er mit seinem unehelichen Sohn Marian und mit mir zum Taupeln ging. Auf 4 gebogenen Stangen wurde ein Netz befestigt und so ausgerüstet ging man nächtens in die Auen-Landschaft der Gurk. Das Netz wurde dann in das Wasser hineingetaucht und nach einiger Zeit wieder herausgeholt. Fast immer hat sich ein zappelnder Fisch, eine Äsche oder Schleie oder andere drin befunden. Diese Art zu fischen war natürlich verboten. Deshalb die ganze Aktion in der Nacht. Ich war stolz, mit den Erwachsenen mitgehen zu dürfen.

Gemeindebau

Unsere Wohnung war, wie schon geschildert, in einem Gemeindebau im Erdgeschoß untergebracht. Die zweistöckigen Häuser mit den Nummer 21–27 waren zum Hof hin offen und vielleicht 300 m von der Bahnstrecke, die Klagenfurt mit dem Süden verbindet, entfernt. Zur Straßenseite ging sie entlang dem Messegelände, schräg gegenüber war der Lieferanten-Eingang.

Auf der linken Seite waren die Häuser von der Lannerstraße und rechts jene von der Millöckerstaße. Uförmig gab es einen großen Spiel-Schrebergarten-Wäsche-Aufhängplatz, der durch die Bahnstrecke abgesperrt war. Für uns Kinder ein großer Auslaufplatz. Hier spielte sich für uns das Leben, ohne Fernseher, iPad und Internet ab.

„Uschi, Uschiiii … das Essen ist fertig, jetzt kommst aber!!" hörte ich vom 2. Stock.

„Mietz, Mietz, Mietz …", schreit die Nachbarin nach ihrer Katze.

„Erich komm jetzt, zieh eine andere Hose an zum Spielen!!"

„Franzi, kannst ja die Maschin' später weiter putzen!"

„Franzi!!! Kommst jetzt!!"

Der Bruder vom Erich, unserem Nachbar, hatte eine HORAX-Maschin, auf die er mächtig stolz war und die er nicht genug putzen konnte.

Der Bubi lernte „Ladlschupfen", wie meine Mutter zu sagen pflegte. Also Lebensmittelverkäufer. „So was kommt für Dich nicht in Frage!", sagte sie. Der Erich war wie sein Bruder Elektrikerlehrling, dann gab es noch den Gappe, den Heinzi und die Zwillinge Walter und Peppi und natürlich noch eine Reihe von Mädchen, deren Namen ich alle vergessen habe. Nur an die Anita vom 2.ten Stock kann ich mich erinnern und die Monika, die mit mir ein Jahr in die gleiche Klasse in die Handelsschule ging und an die Karin, die Tochter meiner Nachbarin, der ich später in Buchhaltung half, als ich schon in die Handelsakademie ging.

Der Bubi und die anderen „Großen" waren während des Tages kaum im Hof. Dafür am Abend! Zum Ärger der Bewohner spielten sie bis spät in die Nacht Fußball. Das war vielleicht eine Aufregung, sie spielten so lange, bis sie nichts mehr sahen. Dann setzten sie sich auf das Stiegenhausgeländer, meist vor unserem Fenster. Einmal hat jemand einen Eimer Wasser aus dem Fenster geschüttet, um sie da zu vertreiben. Am Anfang wurden wir beschuldigt, das getan zu haben, bis wir beweisen konnten, dass es so nicht war, weil wir selbst einmal nach einem Völkerballspiel mit Wasser angeschüttet wurden.

Neben „Völkerball" spielten wir Kopfball, Versteinern, „Die Suppe kocht", „Der Kaiser schickt Soldaten aus" und ähnliches. Fußball war für die Großen, wir spielten weniger aggressive Spiele. Heute noch wundere ich mich, wie wir 10 bis 20 Jugendliche, meist ohne Streit, im Hof miteinander gemeinsam spielten.

Unsere Nachbarin hatte den ersten Schwarz-Weiß-Fernseher. Um 22 Uhr spielten sie die Bundeshymne, als Zeichen, dass das Fernsehprogramm jetzt beendet ist.

Sie hatte einen Würstelstand am Benediktinerplatz, wo es Krainer- und Bratwürstel gab. Hin und wieder schenkte sie meiner Mutter „Bratlfetten".

Im Stiegenhaus hat sie sich mit der Nachbarin länger unterhalten. Meine Mutter hat, aus welchen Gründen auch immer, im Stiegenhaus die Mayonnaise gerührt.

„Die ist mir so zusammengefallen."

„Ja, haben's recht, ist halt doch kühler da als in der Wohnung und wenn's Olivenöl dazu geben, wird's besonders gut."

In Erinnerung ist mir auch, wie die Nachbarin meine Mutter ihr Ballkleid gezeigt hat. Sie war eher „rundlich" und dementsprechend schaute auch ihr Kleid „patschert" aus. Ganz stolz zeigte sie, wie viele Wurstsemmeln sie auf den Ball mitnahm, da es dort so teuer ist.

Ich sitze am offenen Fenstersims und lese ein Buch, unter mir im Hof sitzen Frauen, stricken, häkeln oder flicken die Wäsche und tauschen den neuesten Tratsch und Klatsch aus.

„Den Bubi und den Erich haben sie an der Grenze geschnappt!"

„Per Autostopp sind sie mit einen Fernlastwagenfahrer nach Hamburg unterwegs g'wesen."

„Waren aber lang weg."

„Ja, fast zwei Wochen!"

„Die trauen sich was, die armen Mütter."

„Haben's eh mit der Polizei schon g'sucht."

„Polizeifahndung!!"

„Sie hätten auch noch weiter nach Schweden fahren können, haben's g'sagt, wenn die Polizei sie nicht geschnappt hätt'!"

Die beiden waren die Stars im Gemeindebau!

Erich wollte Elvis Presley imitieren und kaufte sich eine Gitarre, ließ sich die Haare wachsen und spielte „I'm lonely tonight" rauf und runter. Er wohnt in der Nachbarwohnung, daher konnte ich seine musikalischen Fortschritte genau mitverfolgen. Entsetzlich!!

Nicht genug damit ließ er sich eine Gesichtsoperation machen und seine Nase verkleinern. Er ging monatelang mit Gesichtsmaske herum. „Die Operation hat höllisch weh getan", sagte er. „So was würde er nie wieder machen", gestand er mir einmal später.

Erich kam auf die Idee, von einem Kupferkabel die Außenhülle als „Telefon" zu verwenden. Man zieht von dem dicken Kabel den Kupferdraht heraus und schon hat man ein Sprachrohr. Was man auf der einen Seite hineinspricht oder hineinschreit, hört man auf der anderen Seite. So telefonierte Erich anfangs mit mir. Das Kabel wurde außen verlegt, von Fenster zu Fenster, später, als meine Mutter mir dies verbot, verlegte er das Kabel zum Bubi, der über ihm wohnte. Ich weiß nicht, wie lange dies so ging.

Einmal hatten beide die Idee, ein Zelt zu bauen und im Freien zu übernachten. Einfach so, um auszuprobieren, wie toll es ist, im Freien zu schlafen.

Komplizierter war es später im Winter, als beide ein Iglu bauten. Mitten im Hof!

Das waren noch Winter, wo es richtig kalt wurde und es stark schneite. Irgendwie schafften sie es, dass der Schnee eisig wurde. Es war nach Wochen der Arbeit wirklich ein Iglu geworden. Fast, nur nach oben hin, zum Iglu-Dach, hat es nicht gereicht.

„Wir werden einmal auch da drinnen schlafen", verriet mir Erich, „die Eskimos machen das ja auch!"

„Aber die haben es ja oben zu", sagte ich.

„Das kriegen wir schon auch noch hin!!", war die Antwort.
Doch dazu sollte es nicht kommen. Wetterumschwung! Die Hausmeisterin, die auch für den Hof zuständig war, hat es verboten, hier weiterzubauen.
„Wenn es dann taut, wärmer wird, dann steht hier überall Wasser herum und kann nicht abfließen."
„Aufhören, weg damit !!"
So stand dann wochenlang eine Iglu-Bauruine im Garten.
Das Eis taute so vor sich hin und verursachte eine riesengroße Wasserlacke, über die sich vor allem die Frauen von den Nachbarhäusern riesig aufregten! Die von dem Haus, wo Erich und Bubi wohnten, hielten sich anfangs zurück. Später, viel später war es ihnen auch zu viel, aber da begann sich das Problem von selbst zu lösen, da die Wasserlacke immer kleiner und kleiner wurde.

Frauen

Geli

„Ich werde ab Herbst in Wien studieren."
„Ich auch."
„Ehrlich?!"
„Auf der Hochschule für Welthandel."
„Sowas, ich auch."
Ich spürte eine zarte Begeisterung in mir aufkeimen. Auch bei ihr merkte ich eine leichte Röte ins Gesicht steigen.
„Dann können, ja werden wir uns wohl sehen …?"
Das zarte Mädchen aus dem Reisebüro mit ihrem leicht verlegenen Lächeln hat es mir angetan. Sie war „nett", sympathisch, freundlich, auf der gleichen Wellenlänge.
„Ich heiße übrigens Geli."
„Und ich Bernd."

Sie reichte mir ihre Hand, um sie dann schnell wieder zurückzuziehen, als wollte sie mir etwas sagen. Ja, aber was war das, das ich schon damals hätte ahnen können? Ich weiß es nicht. Auf alle Fälle lag da schon etwas in der Luft, das ich jetzt im Nachhinein natürlich anders sehe. Sie gab mir ihre Telefonnummer, ich hatte noch keine, da ich mir erst ein Quartier in Wien suchen musste.

„Wir werden uns sicher über den Weg laufen", sagte ich.

„Ja, sicher, ich bin ja erreichbar!"

Es ist schwer, den Moment zu beschreiben, als wir uns nach dem Sommer in Wien wieder trafen. Es gibt so etwas Elektrisierendes in einer Beziehung, ein Sich-Verstehen, eine gleiche Welle. Die gemeinsame Herausforderung, ein neuer Abschnitt für uns beide, das verbindet eine Unsicherheit und eine nicht ausgesprochene Übereinkunft, es gemeinsam zu schaffen.

Ich war ja gegen den Willen meiner Mutter und auch mit dem Argwohn meines Großvaters nach Wien gegangen. „Du wirst dann so enden wie der Siegfried, der noch immer studiert, obwohl er schon über 30 ist". Siegfried kannte ich nicht und mein Studium wollte ich mir ohnedies selbst finanzieren.

Geli und ich gingen Hand in Hand von der ersten Vorlesung an der Hochschule zu ihrer Wohnung.

Der erste Kuss vor der Haustür, innig und ein logischer Abschluss des ersten Vorlesungstages.

Wir verabredeten uns für den nächsten Tag. Alle Probleme werden kleiner, wenn man verliebt ist. Der Alltag geht leichter von der Hand. Die Arbeit- und Wohnungssuche – ich wohnte bei Freunden – und alles andere auch.

Am nächsten Tag traf ich sie wieder, sie, die zarte, sensible, hübsche Kärntnerin in Wien, die mir gestern den innigen Kuss gegeben hat. Gleicher Ablauf wie gestern. Vorlesung. Händehalten, gemeinsames Heimgehen. Dann vor der Haustür, die kalte Dusche.

„Ich möchte das von gestern wieder zurücknehmen."
„Was zurücknehmen?"
„Den Kuss, es war nichts!"
„Was war nichts? Wieso?"
„So halt", sagte sie, drehte sich um und ließ mich wie einen begossenen Pudel stehen!

Ein Kuss war damals, zumindest in meiner damaligen Interpretation, wie ein Versprechen, eine Verheißung, eine Einladung und ein Zeichen, dass da noch mehr kommt.

Später einmal. Aber dass es auch ein Irrtum, ein leichtsinniger Fehler sein konnte, war mir neu.

Ich hatte Geli fast abgeschrieben, aber nur fast. Ich hatte neben meinem Studium eine Stelle als „Ultimo-Aushilfe" an einer Bank gefunden. Am Ende und am Anfang eines Monats ist in einer Bank am meisten zu tun, daher wurden Leute so wie ich für diese eine Woche eingestellt. Das Studium konnte ich so gut nebenbei erledigen.

Einmal rief ich Geli unter dem fadenscheinigen Vorwand an, ich hätte gerne eine Vorlesungsmitschrift von ihr. Ich hatte meinen Fotoapparat dabei. Als sie ihre Tür öffnete, drückte ich ab und sagte: „Ich brauch' ein Foto von Dir, damit Du nicht ganz aus meiner Erinnerung verschwindest."

Sie lachte und ließ es über sich ergehen. Dann lud sie mich zu einem Kaffee ein. Das war's!

Ein Freund aus dem Studentenheim entwickelte den Film und ich pflasterte meine Studentenbude mit Geli. Der „Ofen" war, wie ich meine, aus, aber das Feuer war noch nicht ganz erloschen.

Wir trafen uns hin und wieder, aber mehr nicht.

Einmal lud sie mich mit ihren Freunden zu sich in die Wohnung ein. Sie hatte eine große Terrasse. Es wurde über die Kirche und Sex diskutiert. Ich steigerte mich in dieses Thema hinein und war damals, wie ich meine, gar nicht allein mit meiner Haltung. Ich lehnte mich an meinen Platz am Tisch zurück, als ich ihre Hand spürte, ihre Hand, die meine suchte. Ich zog sie zurück und ereiferte mich weiter.

Nach einer Prüfung wartete sie als einzige. „Was machst denn du da?", fragte ich sie. Sie lächelte. Das war's dann.

Keine Umarmung, kein „Danke" von mir, sondern ein Nichtverstehen meinerseits.

Einmal, wir lernten gemeinsam Betriebswirtschaftslehre bis spät in die Nacht hinein. Ich verabschiedete mich und ging zu Fuß die Straße hinunter zu meiner Wohnung. Plötzlich hörte ich ihre Stimme meinen Namen rufen.

„Ich glaube, bei mir ist ein Einbrecher, kannst du mal schauen kommen?", fragte sie mich außer Atem, da sie den ganzen Weg gelaufen war.

Ich ging mit ihr zurück. Schaute in alle Zimmer und sagte „Alles sauber!"

„Willst du nicht heute Nacht hier schlafen", fragte sie mich. Aber ich hatte schon gedanklich den heutigen Abend, die Nacht und den nächsten Tag geplant und überhaupt …

„Nein", sagte ich und ging.

Heute frage ich mich, wie ich nur so borniert handeln konnte.

Nächstes Mal mache ich das anders!

Elvira

Damals im Studentenheim. Peter hatte einige bekannte Frauen ins Heim eingeladen. Wir hockten alle bei einer „Feuerzangenbowle" zusammen. Ich gab wieder einmal meine alte Theorie über die Kirche von mir. Man muss ja nicht die Institution lieben, sondern die Religion. Es gibt viele Schattierungen des Glaubens, aber eben nicht die ganzen Zeremonien und alles drum herum, was uns die Kirche da verklickert.

Elvira fand das interessant und ging mit mir ins Zimmer. Dort ereiferte ich mich über Sex vor der Ehe und begann, ihre Bluse, die viele Knöpfe hatte, zu öffnen. Ich war schon fast fertig, da sagte sie mir:

„Du hast so schön geredet, das dürfen wir jetzt nicht kaputt machen".

Das war's.

Die Violinespielerin

Den Namen habe ich vergessen. Wir waren in meinem Zimmer, als ich wieder, wie schon öfter, das war offensichtlich damals mein Thema, über Sex vor der Ehe zu reden begann. Sie hörte mir sehr angespannt zu und sagte dann nach gut 20 Minuten, „Du hast bei mir etwas ausgelöst, das spürte ich erst einmal, als ich beim Violinespielen einen reinen Ton spielte. So was, das einem durch Mark und Bein geht, so rein, so intensiv, so wie eben, als ich Dir zugehört habe. Ich danke Dir!!" Dann umarmte sie mich und ging.

(2020)

2. Bernd's Sternstunden beim Schwimmen

1. Sternstunde

Irgendwann in den 70er Jahren in Italien, genauer am Lido de Venezia, Urlaub mit Eva, so hieß meine Studentenliebe. Sie, so wie, italophil, rote Haare und Sommersprossen. Sie vormittags am Strand unter dem Sonnenschirm, ab Mittag am Balkon – „kein Italiener ist zu dieser Zeit am Strand, wegen der starken Sonneneinstrahlung", sagte sie –, ich umgekehrt vormittags am Balkon und im Zimmer und mittags am Meer.

Ich frisch verheiratet, Jung-Ehemann, voller Unsicherheit, was Ehe, Job – soll ich beim Kurier als Auslandsredakteur arbeiten oder im neu gegründeten Institut ÖIE, Informationsdienst für Entwicklungspolitik? – oder mein Hobby Schreiben zum Beruf machen? Dann die Entscheidung Wohnen im Haus der Schwiegereltern oder doch ganz auf eigenen Beinen stehen? Kann ich mir das leisten? Entscheidungen, alles in Schwebe und jetzt zwei Wochen Urlaub am Meer.

Ich lese sehr viel, unter anderem die Literaturzeitschrift „Theater Heute" und gehe schwimmen, wissend, dass ich mich werde entscheiden müssen.

Ich schwimme hinaus, das Meer, die Wellen und ich.
Ich schwimme in die Wellen hinein, kämpfe gegen jede auf mich zukommende an und bezwinge sie. Wer ist stärker, ich oder sie?
Klatscht sie über meinen Kopf zusammen oder bin ich kurzzeitig Sieger, bis die nächste kommt, der ich mich neuerliche stelle, sie „niederschwimme", sie überwinde, ich schlucke Wasser und wenn ich nicht aufpasse, übersehe ich die nächste große, die mit weißer Wellenkrone auf mich zukommt und über mich hereinbricht. Ich habe keine Zeit zum Nachden-

ken, muss mich auf die Wellen konzentrieren, die in gewisser Regelmäßigkeit kommen, von mir bezwungen werden und dann, so als wäre nichts gewesen sich auflösen, in normales ruhiges Wasser übergehen, ans Ufer plätschern.

Ich schwimme hinaus, die Wellen werden kleiner, berechenbarer, die große Weite des Mittelmeeres wird spürbar.

Ich fühle mich als Sieger und gehe nach einer gefühlten Ewigkeit (vielleicht einer halben Stunde) erschöpft, aber psychisch gestärkt aus dem Wasser.

Stark, mutig und entscheidungsfreudig.

2. Sternstunde

Während meiner Mittelschulzeit war ich Mitglied bei der Evangelischen Jugend, die anfangs „Evangelische Jungschar", später „Evangelische Kreuzfahrer" hieß.

Ein Häufchen protestantischer Mittelschüler trafen sich jeden Dienstag um 18 Uhr in einem alten Clubhaus hinter der Evangelischen Kirche in Klagenfurt. Der Leiter, wir nannten ihn Olsche, eine Abkürzung seines vollständigen Namens Olschewksi, hielt eine kurze Andacht, aber für uns war das ohnedies nicht der Grund des Treffens, sondern der Tischtennistisch im 2.ten Raum des Clubhauses. Wir spielen dann nach der Heimstunde stundenlang „Amerikaner", so heißt das Spiel, wo wir rund um den Tisch rannten, jeder hatte 5 Fehler Guthaben und wer als letzter übrig blieb, hatte gewonnen.

Der Olsche war bekannt und beliebt bei uns allen, eher bei uns Burschen als bei den Mädchen, die er duldete, vor allem deshalb, weil er jedes Jahr eine „Großfahrt" plante. Einmal auf die „Spuren des Apostel Paulus" mit den Mopeds nach Griechenland und heuer sollte es mit den Fahrrädern in die Türkei gehen. Ein spezielles Thema hatten wir nicht. Wir schreiben das Jahr 1962 und 1 Begleitfahrzeug – ein alter VW Kombi –

und 14 Burschen machen sich auf den Weg. Natürlich fuhren wir nicht die ganze Strecke mit dem Fahrrad, sondern wurden mit privaten PKW Kombis nach Zagreb gebracht, von dort ging es per Zug nach Nis, dann per Fahrrad an die bulgarische Grenze. Durch irgendeine schicksalhafte Begegnung trafen wir einen türkischen LKW Fahrer, der Platz für die Räder und uns hatte und mit dem wir durch Bulgarien fuhren.

Von der bulgarisch-türkischen Grenze ging es nach Edirne, wo wir an einem Campingplatz am Grenzfluss Mariza uns erholten.

Von dort ging es dann abwechselnd mit Rad oder per Kleinbussen, die unsere Räder am Dach verstauten, über Istanbul, Kayseri über das Taurusgebirge und die Südküste der Türkei, wo ich eine weitere Sternstunde beim Schwimmen erlebte.

Es war in der Nähe der Stadt Silifke, wir campten am Strand, ich hatte des öfteren mit einen älteren, mir körperlich überlegenen Freund namens Charly, der so etwas wie der verlängerte Arm vom Olsche war, Streiteren. Es waren Kleinigkeiten – um was da ging kann ich mich nicht mehr genau erinnern, auf jeden Fall war so eine Lapalie einmal der Anlass, dass ich ihm davonlaufe, er mir hinterher. „Ich tauch Dich unter", ruft er mir nach, ich springe ins Wasser und er mir nach. Ich schwimme davon, in der Angst, dass er mir nachkommt und sein Vorhaben wahr macht. Er der stärkere – ich sehe ihn immer zwischen 2 Wellen, den Kopf auftauchend, mit kräftigen Schwimmbewegungen kommt er mir immer näher.

Ich habe leichte Panik und rede mir ein, ruhig bleiben, schön ruhig bleiben ... ich konzentriere mich aufs Schwimmen und da plötzlich entdecke ich die Kraft der Wellen. Ich bemerke, wie ich die Wellen bewusst nutzen kann. Er hinter mir wird immer kleiner, sein Kopf zwischen den Wellen ist schon weit weg; ich gewinne Abstand ... vielleicht hat er auch nur das Interesse verloren, mir nachzuschwimmen, kann sein, aber ich hatte ein Erlebnis, das mich bis heute bewegt: Die Kraft der Welle. Ich nutze sie durch gezieltes mich-tragen-lassen.

Heute würde man sagen ich entwickelte ein „Wellen-Management", ein spezielles „schwimm-technisches Verhalten". Ich nutze die Kraft der Welle zu meinen Gunsten. Das Wasser, die Welle und ich wurden „Eins" und dadurch wurde ich von Schwimmtempo zu Schwimmtempo schneller; ich wurde durch die Welle und immer weiter getragen …

Die Welle gab mir eine Kraft, die ich ohne sie nicht gehabt hätte.

3. Sternstunde

„The lonelyness of a long distance runner", so hieß der Filmtitel über einen Langstreckenläufer, der mich als Student sehr beeindruckt hat. Ein Läufer morgens allein in der Natur, er lässt alle Sorgen hinter sich …

Für mich als Klagenfurter war und ist der Wörthersee diese Idylle.

The lonelyness of a short distance swimmer.

Heute, wenn ich mich zurückerinnere, war der Strandbadbesuch und das Hinausschwimmen bis zur gelben Tonne und dann weiter, das in den blauen See Hinein-schwimmen so etwas wie „ein den Problemen-davon-schwimmen" und sich ihnen doch stellen. Man musste ja etwas tun, denn ohne zu schwimmen, also sich zu bewegen, Schwimmtempi zu machen, geht gar nichts, man geht unter.

Im Wasser lebt es sich leichter, fast schwerelos, leise bewege ich mich dahin. Dazu kommt noch, dass ich alle meine Probleme hinter mir lasse. Kommt mir ein Problem doch in den Sinn, dann fühle ich mich mutig, kreativ und selbstsicher, mich ihm zu stellen. Ich entwickle Problemlösungs-Energien und finde Ideen, gehe sie gedanklich schwimmend durch und male mir aus, wie das ist, wenn ich sie umsetze, bekomme neue Einfälle, alles Unwahrscheinlichste fällt mir ein, schwimme mit einem Glücksgefühl weiter, mache mir Mut, zu mir zu stehen und Initiativen zu setzen.

Einwände, negative Gedanken schwimme ich zur Seite, ich schwimme durch sie hindurch, sie lösen sich dann schwimmend wie von selbst auf. Wie die sanften Wellen am See, die sich leicht von mir „bezwingen" lassen. Nicht das „Gegenden-Strom-Schwimmen" steht hier im Blickpunkt, sondern die Erfahrung, die Leichtigkeit mit den Problemen „Wellalan" fertig zu werden. Jede Schwimmbewegung macht mich reicher, stärker, bewusster. Das Umsetzen der Ideen ist dann nur eine Frage der Zeit. Ich fühle mich stark den Herausforderungen zu stellen, sie zu meistern, ja vielleicht vorher noch, die durch meine Aktionen sich ergebende Gegenwehr, die auftretenden Wirbel, Widerstände zu bewältigen, sie beiseitezuschieben, dann als Gewinner dazustehen.

Ach, das Wasser ist geduldig und gefällig und lässt mich „Wellalan" für „Wellalan" Erfolge feiern.

Ist es nicht schön, immer als Sieger, Gewinner ... oder was auch immer, aber auf alle Fälle als ein „Gestärkter", ein „anderer" aus dem Wasser zu steigen? Wenn auch nur als Sieger gegen die eigene Passivität, gegen die Müdigkeit, vielleicht Faulheit, sich eigene Gedanken zu machen?

(Übrigens, die Ideen zu diesem Text sind auch im Wasser entstanden).

Zwischenbemerkung:
Es gibt verschiedene Arten, sich dem Wasser zu nähern:

Man kann hineinlaufen,
hineingeworfen werden,
Stufe für Stufe langsam ins Wasser gehen, schreiten,
ins Wasser springen (Köpfeln), oder
wie ein „Nilpferd" ins Wasser platschen.

Letzteres, ein Alptraum – NoGo – für mich.

Aber was kann ich dagegen tun?

Den Wasser-Sportlern kann ich nicht das Wasser reichen. Den Ironmännern schon gar nicht.

Also galt es eine elegantere Form des „Ins-Wasser-gehen" zu erlernen.

DAS KRAULEN.

4. Sternstunde/1.Teil

Wir fahren jedes Jahr Ende August mit Freunden ans Meer. Ich Jungpensionist gemeinsam mit anderen Jungpensionisten, Männer und Frauen und deren Kinder und Freunden immer nach Bibione, immer an denselben Platz, ins gleiche Apartment-Haus. Alle Wasserratten, wie nicht anders zu erwarten und die Jungen exzellente Schwimmer. Ich arbeitete damals trotz Pensionsanspruch noch in Wien, aber der Urlaubszeitpunkt war und ist ein fixes Datum.

In dieser Apartment-Hotel-Anlage gibt es natürlich einen Schwimmingpool.

Mich faszinierten 2 Geschwister, die wie Delfine neben und dann hintereinander den Pool hinauf und hinunter kraulten. Sehr elegant anzuschauen. Ich war – und bin noch heute – begeistert, wie gleichmäßig und anscheinend mühelos sie von Beckenrand zu Beckenrand schwimmen, jeweils ca. 20 m hinauf und hinunter, mit kurzen Hand- und Kopfbewegungen.

Ich wollte das auch können. Ich fragte einmal Berni, so heißt einer dieser Schwimmer, ob er mir das Kraulen beibringen könne. „Kein Problem", sagte er, ich müsse nur eine Schwimmbrille kaufen, dann ginge es schon. Ich, ausgerüstet mit der teuersten Brille, die es gibt, begebe mich zur ersten Kraulstunde. Zwei Dinge sind mir von damals noch in Erinnerung:

1. dass ich noch nie so viel Wasser geschluckt habe wie damals und
2. tens, dass mein Freund Wolfgang mir von Rand des Beckens zurief: „die ersten beiden Kraulbewegungen waren schon sehr gut!"

Sehr aufmunternde Worte, freilich waren es die einzigen Kraulbewegungen, die ich zusammenbrachte, bevor ich drohte, mit dieser Art des Schwimmens unterzugehen.

Wieder in Wien ging ich in ein Fitness-Center, Holms Place, hinter der Börse, es hatte einen Swimmingpool 12 m lang und 1,20 m tief.

Ich buchte eine Kraultrainerin aus Villach. Wir trafen uns jede Woche und ich bewundere noch heute ihre Geduld, mit der sie mir, dem ältesten Schüler, den sie je hatte, die Technik des Schwimmens im Freistil, wie es offiziell heißt, beibrachte. Heute erinnere ich mich, als ich das erste Mal die ganze Länge durchgeschwommen, also gekrault bin, dass ich mich gefreut hatte wie ein Mittelschüler, der endlich die Matura (beim 2.ten Antritt) geschafft hat. Sie wollte mich überreden, bei einer internen Meisterschaft teilzunehmen, die ich in meiner Altersklasse sicher gewonnen hätte, aber dazu war ich dann doch zu feige …

Stolz war ich aber darauf, dass eine gänzlich unsportliche Tochter unserer Urlaubsfreundin, Biggi heißt sie, immer mit einer Kappe und selbstgewuzelten Zigarette im Mund sagte: „Wenn der Bernd Kraulen lernt, dann lerne ich das auch!"

4. Sternstunde/2. Teil

Ich kann jetzt dem hinlänglich bekannten „Brustschimmen" und, damit verbunden, dem „nilpferdartigen" Ins-Wasser-platschen etwas Sportliches entgegenhalten.

Ich springe sportlich ins Wasser und bewege mich mit gezielten, kräftigen Kraulbewegungen fort. Imaginäre oder auch echte Blicke, die ich auf mich ziehe, sehen mir eine Zeit lang zu, um dann später das Interesse an mir zu verlieren, da es ja nichts weiter zu sehen gibt außer die regelmäßigen Hand- und Kopfbewegungen. Wenn ich dann weit genug draußen am See bin, kann ich meine Kraulbewegungen unterbrechen und rückenschwimmend mich vom Wasser treiben lassen, mich locker fühlen, die Situation genießen.

Gezeigt hätte ich es den anderen, den eventuell mir nachschauenden „Nilpferden", allemal!

(24. April 2016)

3. „Auf einen schönen Urlaub"

Es hat sich nichts verändert.

Das Apartment ist heuer sehr sauber. Sagen die Frauen. Mir fällt es nicht auf. Fronte Mare, zweiter Stock, Blick aufs Meer, großer Balkon, unter uns der Swimmingpool, wo Luca, der leicht behinderte Sohn des Restaurantbesitzers vom „La Fenice", so heißt das Lokal, gerade dabei ist, ins Wasser zu springen. Er beugt seinen Oberkörper zu den Knien hinunter und steht dann so gekrümmt und wippend einige Zeit am Beckenrand, um es sich dann doch anders zu überlegen. Er richtet sich wieder auf, hopst hin zur Dusche, hält kurz den Kopf unter die Brause und springt endlich mit einem Bauchfleck ins Wasser. Mit kraulähnlichen Bewegungen kämpft er sich im aufschäumenden Wasser zurück zum Rand des Beckens.

Meine Frau, die, so wie ich, diesen Vorgang beobachtet, sagt: „Der Sprudler ist auch wieder da, so wie immer."

„Auf einen schönen Urlaub", sagt sie und gibt mir einen Kuss. Wir stoßen mit dem Prosecco „Ribolla gialla" an, den wir beim Herfahren bei einem italienischen Weinbauer besorgt haben.

Wie jedes Jahr.

„Ja, auf einen schönen Urlaub!", sage ich.

Das Meer glitzert in vielen Blau-Schattierungen. „Davon habe ich das ganze Jahr über geträumt!", sagt meine Frau glücklich. Die Farbe des Meeres ist jetzt silbrig glänzend. Vor uns breitet sich der Sektor IV, Adriatico, der Strandbereich der Agenzia Lampo, aus. „Unser Strand!" Es gibt circa fünfzig Reihen Liegestühle, die sich nach vorne hin bis zum Meer erstrecken. In den Reihen eins und zwei stehen unsere Liegestühle, dieselben wie im Vorjahr und im Jahr davor und davor und davor.

Im Laufe vieler Urlaube haben wir uns das Recht für diese bevorzugte Lage erworben, wie Sepp und Maridi aus Klagenfurt, sie sind auch schon da. Sie fahren immer zeitig in der Früh zu Hause weg, um den Stau im Kanaltal zu vermeiden. Auch sie haben ihre angestammten Liegestuhlplätze. Sepp nimmt uns kaum wahr und murmelt: „Auch schon hier?" Maridi freundlicher: „Hallo! Ist es nicht herrlich?"

Sie erzählt, dass sie heuer schon zum neunundvierzigsten Mal hier sind. Sie sind schon die vierte Generation, die immer zur selben Zeit, der letzten August- und ersten Septemberwoche, gemeinsam den Urlaub hier verbringt.

„Ich brauch nirgends anders hinfahren, für mich ist das Karibik, Seychellen oder was weiß ich was!"

Wir sind erst seit fünfundzwanzig Jahren dabei. Erst …!

Ich anfangs eher widerwillig. Was mache ich so lange am Strand?

In den ersten Jahren trafen sich an die zwanzig Leute auf unserem Balkon, die Kinder und Kindeskinder von vier Familien, alles Freunde aus Klagenfurt. Gemeinsam genossen wir die lauen italienischen Nächte mit den Weinen unseres italienischen Winzers.

Alter Bekannter

Wieso ist es mir peinlich, dass der Kassier und Eigentümer des kleinen Supermarktes an der Hauptstraße mich sofort wiedererkennt? „Ah, il professore, come sta?" Auch der russischen Kellnerin von der Bar neben dem Swimmingpool bin ich im Gedächtnis geblieben. „Wieder da?", fragt sie. „Tutto aposto, come sempre?", gebe ich zurück. „Si, si", antwortet sie lächelnd. Sogar die chinesische Masseurin erkennt mich wieder. Sie schaut mich musternd an, ihr jährliches Saisonopfer, das sich verlässlich zweimal wöchentlich von ihr kneten lässt. „Massaggi?" Ich lächle verhalten und nicke. „Später, piu tardi."

Was ist mit mir?

Eigentlich sollte ich mich doch freuen, nett begrüßt und wiedererkannt zu werden. Ist es mir womöglich deshalb unangenehm, weil ich das Gefühl habe, bereits zum Inventar zu gehören, ein Teil des „Hausmeisterstrandes" zu sein?

Das müssen die tückischen Spuren sein, die meine lange Zeit in Wien hinterlassen hat. Ich bin offenbar für immer geprägt von den lächelnd hingeworfenen, abfälligen Kommentaren meiner früheren Wiener Freunde, wenn Urlaub das Thema war. Tschesolo, Lignango, Bibione, Tschaorle – Hausmeister-Strände!

ICH – Hausmeister! Peinlich!

Die Kellner Daniel und Nino vom Restaurant „Hollywood" erkennen mich natürlich auch wieder und Giuseppe, der Eigentümer seit über achtundzwanzig Jahren, grüßt mich freundlich.

Seine Spezialitäten sind nach wie vor die Pizza „Michelangelo" und „Spaghetti Sciogliera".

Alles beim Alten, nur die Preise haben sich verändert.

„Cocos, Cocos, Vitamine, Proteine!", schreit ein Verkäufer am Strand. Cocos, Cocos, Vitamine, Proteine!

Alles beim Alten, schönen Urlaub!

Der Strandgänger

Der Genuss kontemplativer Einsamkeit am Ufer des Meeres ist ein unerfüllter Wunschtraum des früh aufstehenden Strandgängers. Man will alles, das Meer, den Sand, die Luft und die Stille allein für sich haben, bevor der Trubel beginnt. Ich bin nicht der einzige Urlauber, der diese Idylle hier sucht.

Das Meer ist spiegelglatt ruhig, mit leichten Wellen, in der Farbenskala von hellblau glitzernd über gleißend silbrig bis dunkel, fast schwarz. Am Sandstrand bauen Kinder mit ihren

Eltern Burgen und Wasserschlösser, die in der Nacht von den Wellen weggeschwemmt werden. Über die wenigen Ruinen, die dies überdauert haben, fahren am nächsten Morgen Traktoren, die den Strand reinigen, erbarmungslos drüber.

Beruhigend schlägt das Meer kontinuierlich die Wellen an die Küste, nur hin und wieder trägt der Wind den Motorenlärm an meine Ohren. Der Boden ist hier, nahe dem Wasser, noch weich und ich zeichne Abdrücke meiner Fußspuren in den Sand, bis sie von der nächsten Welle ausgelöscht werden.

In ungleichen Abständen stehen am Strand kleine Holztürmchen mit roten Dächern. Sie sind besetzt von den „Salvataggi", den Bademeistern, die mit Ferngläsern die Badenden beobachten. Ich starte meinen täglichen Spaziergang beim Türmchen mit der Nummer fünfzehn und arbeite mich vor bis zur Nummer eins, wo der Strand an der Hafeneinfahrt von Bibione endet. Auf der anderen Seite der Lagune sieht man Caorle.

Ich treffe einen älteren, sehr drahtigen Mann, der mir entgegenkommt, schon leicht gebeugt, hin und wieder im Wasser, dann wieder im Trockenen dahingehend. Wir bleiben stehen, er blickt auf das Meer hinaus, breitet die Arme aus und sagt: „Come in paradiso!" Wie im Paradies. Gut, er wisse zwar nicht, wie das Paradies da oben wirklich sei, er hätte auch vom Purgatorio, dem Fegefeuer, keine Ahnung. Aber so wie dies hier stelle er sich zumindest das Paradies vor. Bald werde er es genau wissen. Ich frage ihn, wie alt er sei. „Siebenundachtzig" lächelt er verschmitzt. „Qui siamo in paradiso?! Eh vero?", wiederholt er, bevor er seine Wanderung alleine fortsetzt.

Ich sitze in einem der vielen leeren Liegestühle, hänge meinen Gedanken nach und lausche dem Rauschen der Wellen.

„Wer kauft die Panini? Den Prosciutto, den Käse und nicht zu vergessen die Oliven und die Zeitung?", fragt mich eine SMS.

„Kommt ihr nicht herunter zum Strand?", frage ich.

„Nein, wir gehen zur Agentur und nachher fahren wir in den Ort etwas shoppen!"

„Was macht ihr in der Agentur?"

„Für nächstes Jahr reservieren! Ciao!"

Alles klar!!

4. Das war Bibione 2018

Frau Bürgermeister kommt heuer später. Erledigungen, wie es so heißt, sind schuld daran. Ja, dieses Mal übernehmen wir die Schlüssel, so wie sie es sonst getan hat. Ja, gerne.

Sie, die Frau Bürgermeister von Bibione, wie sie schon seit Jahrzehnten von allen liebevoll genannt wird, freut sich schon, endlich wieder „alle" für einige Tage am Lido del Sole in Bibione bei sich zu haben. Wie ein Bürgermeister halt so ist. Auch er möchte seine Gemeindevertreter, natürlich vor allem die seiner Fraktion, gerne vollzählig zu den Sitzungen versammelt haben. So auch unsere Frau Bürgermeister!

Ihre Sprösslinge freilich sind schon um die fünfzig, deren Kinder auch schon im Studieralter, die Nichten und deren Kinder, jene ihrer Schwester und auch jene von ihrem leider schon verstorbenen Bruder und dann die Tante und dessen Sohn, all dies kann man als den „inneren Kreis" bezeichnen. Im „äußeren" Kreis ihre Busenfreundin aus alten Zeiten, damals vor gefühlten hundert Jahren, als Palmers-Lehrmädchen, wo noch auf Firmenkosten zwei Mal wöchentlich zum Friseur geschickt wurde, jetzt freilich auch schon in Pension. Sie mit Mann und Tochter und Enkelkind. Also eine illustre Gesellschaft. Wie jedes Jahr, mehr oder weniger in derselben Besetzung. Frau Bürgermeister schafft es, alle zusammen zu halten, heuer schon zum vierundvierzigsten Mal! Also vierundvierzig Mal schafft sie es, dass regelmäßig zwei Wochen, zur selben Zeit, am selben Platz ihre Leute Urlaub machen. Sie werden dazu vergattert, wobei dies sicher ein zu hartes Wort ist, aber mit „sanften Druck" dazu überredet „Da-zu-Sein"!

Ein Bürgermeister, ein guter, engagierter, einer der seinen Job mit Leib und Seele ausfüllt, der für seine Gemeinde „brennt", Herzblut vergießt, will auch über alle politischen und sonstigen Meinungsverschiedenheiten hinweg seine Leute um sich wissen. Wenn möglich alle, so oft wie möglich, aber mindestens einmal im Jahr! Eben bei den speziellen, gemeindespezifischen Anlässen, das wird man ja wohl erwarten können …

So denkt auch sie, unsere Frau Bürgermeister. Bibione ist Pflichttermin. Wenn nicht die ganze Zeit, dann zumindest ein paar Tage!

So sind wir also vertreten am Strand Adriatico, Settore D., erste und zweite Reihe, die Liegestühle neben- und hintereinander. Plätze, die nicht so leicht zu bekommen sind, aber das hat sie organisiert, unsere Frau Bürgermeister mit dem speziellen Draht zum Büro der Agenzia Lampo und vor allem zur Chefin, einer deutschsprechenden, sehr freundlichen Frau Daniela, die für sie Buchungs- und Reservierungslisten für ihre Leute geführt hat, sie dann wieder geduldig geändert und nochmals verändert hat. Einige Mozartkugeln und Merci-Schokoladen haben dabei auch eine helfende Rolle gespielt. Alles muss rechtzeitig geplant und organisiert werden. Von wem? Natürlich von Wauwi, wie sie liebevoll genannt wird, äh, unsere Frau Bürgermeister ist Anlaufstelle für solche und ähnliche Planungsfragen. Jetzt schon für 2019 und 2020. Bravo!

Heuer kam sie, wie schon geschildert, später, aber es war alles schon von langer Hand vorbereitet.

Als ich sie begrüßte, blühte sie förmlich auf, strahlte im ganzen Gesicht, und ihre sonst eher besorgte Miene erhellte sich!

„Endlich", sagte sie, „das Meer, die Luft, einen schönen Urlaub".

Ein Blick in die Runde, am Strand. „Fast alle sind schon da und alle anderen haben ihr Kommen angesagt", verkündet sie stolz.

Die erste „Gemeinde-Vertretung-Sitzung" findet abends um einundzwanzig Uhr im Hollywood statt.

Der Termin spricht sich in Windeseile herum.

„Warum so spät?", höre ich eine kritische Stimme.

„Weil wir erstens länger am Strand bleiben können und zum andern, weil für die Gemeinderatsitzung die notwendige Ruhe, der Platz und stressfreie Bedienung garantiert ist", kontert sie bestimmt, aber liebevoll!

Hollywood, das ist das Restaurant, wo es die besten Pizzen und Spaghetti gibt.

Sie hat, wie immer, auch diesmal bereits Plätze für rund zwanzig Leute reserviert. Auch hier kennt man sie und freut sich, sie und ihre Leute wie alle Jahre als Stammgäste zu begrüßen.

„Buon giorno, signora", grüßt sie Daniele, der Kellner, seit über zwanzig Jahren auch schon hier. Wie immer spricht er in gebrochenem Deutsch „Gnocchi della casa, aber mit viel Soße, Ja?"

Beide lachen, eine gewisse Vertrautheit widerspiegelnd.

Zufrieden setzt sie sich in ihren Liegestuhl und lächelt. „Da können die Kritiker sagen, was sie wollen, das ist ja schon krankhaft, immer wieder an denselben Platz zu fahren, für mich ist es das Schönste!! Da kann mir die Karibik oder sonst was gestohlen bleiben!", um dann noch hinzuzufügen: „Wer weiß, wie lange ich das noch genießen kann?"

Sie schaut sich ihre „Leute" an, sieht ihre jüngste Enkelin mit dem dreijährigen Sohn ihrer Nichte spielen, die einundzwanzigjährige Studentin diskutiert mit ihrem Onkel, ihr Mann liegt friedlich auf einer Liege und liest ein Buch. Ein Strandverkäufer schreit „Handtuchli, billiger Preis, Rabatt, heute billiger ..."

„Cocos, Cocos, Proteine, Vitamine", schreit ein anderer ...

Eine Brise Meeresluft vom Meer erreicht uns, die Wellen rauschen und die Sonne scheint.

„Schönen Urlaub", sagt sie und man spürt ihr „Glücklichsein".

„Ja, schönen Urlaub", sage ich, „Diese Stimmung gilt es mitzunehmen zu allem, was noch auf uns zukommen wird."

Ihre „Gemeinde" ist für sie da, dessen kann sie sich sicher sein!

Es war ein schöner Urlaub, Frau Bürgermeister, Danke für die Organisation, bis zum nächsten Jahr!

(8. Sept. 2018)

5. San Nicolao

„Im Stadtviertel Splanzia liegt die Kirche San Nicolao, die unter den Venezianern erbaut und zuerst als Dominikanerkloster dem Heiligen Nikolaus Bischof von Myra in Lykien geweiht war. Die Türken nannten sie zu Ehren von Sultan Ibrahim 'Kaiserliche Moschee', was sie bis 1912 blieb. Nach der Befreiung wurde sie zur orthodoxen Kirche. Als Resultat der vielerlei Konversionen ist ihr Turm eine seltsame Kreuzung von Minarett und Campanile, nebenbei das höchste Minarett von Ghania. San Nicolao liegt auf dem Platz 1821, wo man sich im Schatten einer großen Platane an einem kühlen Trunk erfrischen kann."
(Kreta Reise- und Kunstführer, Hanni Guanella, S. 333)

Der Kellner, Wirt, Besitzer des kleinen Kafenios, wie die Kaffeehäuser hier heißen, wollte sich gerade niedersetzen zu den anderen Männern, als wir kamen. „Dyo greek caffe echi sacharin", sagten wir, unser mühsam gelerntes Griechisch ausprobierend. Er lächelte nur, während ein Taxler leise vorfahrend sein Auto abstellte, ausstieg und sich zu den anderen Männern an den Tischen des Lokals dazusetzte. Das Liebespärchen hinter uns schaute leicht verwirrt auf, als ein weiteres Taxi stehenblieb und der Fahrer ausstieg und die Autotür laut zuwarf. Zwei Jugendliche stritten sich um den Sportteil einer Zeitung, als in die Parklücke, die durch ein wegfahrendes Auto eines Franzosen, das man an dem gelben Nummernschild erkannte, ein elegantes graues Auto einparkte. Einem vorbeikommenden Popen wurde von den Männern die Hand geküsst, während ein Pfirsichhändler mit seinem Wagen vor dem Kafenio hält, aussteigt, die Seitenplanen seines Wagens öffnet, neugierige Männer aufstehen, zu ihm hingehen, stark gestikulierend sich wieder hinsetzen.

Plötzlich fährt ein weißer Leichenwagen mit vielen vergoldeten Kerzenständern, die im Inneren des Autos waren und durch die Seitenfenster zu sehen waren, vor. Ein Schneidermeister mit einem Metermaß um den Hals und einem Stoffballen unter dem Arm überquert diagonal den Platz. Inzwischen haben sich leise vorfahrende Taxler um den Platz verstreut, einen Parkplatz gesucht und gefunden. Sie sind ausgestiegen, haben sich ins Kafenio gesetzt und Wasser oder Kaffee bestellt und sich zu unterhalten begonnen. Einer von ihnen hat, bevor er sich zu den anderen setzte, seinen Bilderroman, ein anderer eine Sexzeitung in den Kofferraum geworfen. Der Pfirsichverkäufer ist verärgert abgefahren und ein Besenverkäufer mit rosa und blaufärbigen Kunststoffbesen ist in das Kafenio gekommen und hat sich einen Kaffee bestellt.

Jetzt haben die Zykaden zu summen begonnen und der große Baum, unter dem wir im Freien saßen, hat zu zittern begonnen. Ein Gärtnergehilfe kam mit zwei Kränzen mit auf langen Stangen im Kreis aufgebundenen Nelken und Gladiolen vorbei, er stellte sie vor dem Haupteingang der Kirche nieder. Als er sich mit dem Popen zu unterhalten anfing, verstummten die Zykaden.

Aus einer schmalen Gasse neben dem Haus kam ein Fischer mit einem kleinen Netz unter dem Arm vorbei, gefolgt von einem Dicken, dessen Backenbart fast sein gesamtes Gesicht unkenntlich gemacht hat. Der Platz um die Kirche war jetzt mit Taxis verstopft, als ein vor- und rückwärtsfahrendes Auto wilde Flüche der Taxler auslöste. In diesem Augenblick kam ein blauer VW K 70 mit Kirchenfahnen rechts außen am Auto befestigt vorbei und parkte direkt vor uns. Ein Pope mit versilberten Stock in der Hand schreitet würdig, sich seiner Rolle bewusst, die wenigen Stufen zur Kirche hinauf. Der Gärtnergehilfe kommt jetzt schon wieder mit zwei Kränzen vorbei, hinter ihm der Meister, den schönsten Kranz selber tragend, während der Schneider das Geschehen ignoriert und raschen Schrittes vorbei geht und der Besenmacher das Kafenio verlässt, ohne etwas verkauft zu haben.

Alle Plätze des Kafenio waren besetzt, als zuerst die Zykaden zu summen begannen, dann die drei Popen zu sehen waren und hinter ihnen eine große Trauergemeinde vorbeizog. Alle Gäste des Kaffeehauses sind aufgestanden, als eine junge Frau, die sich an einen älteren Mann, wohl ihren Vater, klammerte, hinter einem Sarg ging, der von jungen Männern in die Kirche getragen wurde.

Um den grauen Leichenwagen standen jetzt Jugendliche herum und bewunderten das Auto, um sich dann später um das Tragen der Kreuze zu streiten.

Viel später war der Platz leer und die Kirche voll. Noch später fuhr die Taxikolonne dem Leichenwagen nach, die Zykaden haben wieder zu summen angefangen. Der Dicke mit dem Backenbart fragte einen der Männer im Kafenio, was da passiert war, der deutete auf die Berge hinter der Stadt, greift dann mit einer Hand auf den Hinterkopf, einen Sturz verdeutlichend. Der Dicke wiederum greift mit der Hand aufs Herz, was wohl sowas wie „Mein Gott" bedeutet.

Viel, viel später wird die junge Witwe mit einem Tablett mit einer Mischung aus gekochtem Weizen, Zimt, Sesam und viel Zucker vorbeikommen, den hier im Kafenio sitzenden Männern davon einen Löffel voll geben, diese werden ihr Beileid wünschen und sie wird gelernt haben, immer schwarze Kleider zu tragen und mit ihrer Einsamkeit fertig zu werden.

(Kreta, 1975)

6. Und irgendwann bleib i dann dort!

In Wien wäre es jetzt 5 Uhr früh, dachte ich mir, als ich mit weichen Knien und in durchgeschwitzten Kleidern in Heraklion aus dem Flugzeug stieg. Ich beobachtete die sich eilig um die Gepäckausgabe drängenden Kreter, sah, wie eine in einer Ecke kauernde Frauengruppe eine Alte beglückwünschte (während sie sich immer wieder bekreuzigte), ihren ersten Flug von Athen hierher gut überstanden zu haben. Dann stand plötzlich ein Taxifahrer vor mir, zeigte ein zwei Jahre altes Foto von mir. „Sie denkt doch an alles", sagte ich. Mit ungeschäftlicher Herzlichkeit wurde ich in ein Auto verfrachtet und begleitet von englisch-griechisch deutschen Wörtern wie Retsina, Tourist, Amerika, Henninger Bier zu meinem Quartier gebracht. Unterwegs hupte er, genauso glücklich wie ich, jedes vor ihm fahrende Auto an, strahlte beim Überholen auf der Schotterstraße, weckte in einem Gasthaus an der Strecke einen Freund auf, „Ouzo trinken", lachte er übers ganze Gesicht, zeigte auf zwei Radarschirme „Amerika nix gut", und sagte vor meinem Quartier „Madame bezahlt". Im Hotel fand ich alles für mich reserviert. Nach meiner Begrüßung zogen meine Frau und ich uns so schnell aus, dass ich nicht dazu kam, den Vorhang zuzuziehen. „Wer soll uns denn schon zuschauen?", sagte sie, bevor ihre Umarmung die letzten drei Wochen vergessen ließ. Ich genoss ihren weichen Körper, ihre Wärme, als sie sich, indem sie sich von mir wegdrehte, auch blitzartig veränderte. „Jetzt habe ich nur bis 9 Uhr 30 und ab eins wieder bis 16 Uhr 30 Zeit, aber am Abend siehst du mich dann ganz bestimmt". - „*Wann* am Abend?" - „So um 22 Uhr etwa", hauchte mir meine Managerin entgegen. Ich rechnete mir gerade die gemeinsam mit ihr zu verbringenden Stunden aus, als sie schon angezogen vor dem Spiegel stand und nervös ihre Haare zurechtmachte. Zwischen Abschiedskuss und Türezuschlagen kam noch eine erfreuliche Meldung: „Aber morgen siehst du mich den ganzen Nachmittag, es ist sich terminlich günstig für mich ausgegangen". Dann ist nur mehr ihr Parfüm auf meinem Kopfpolster und zurück bleiben eine schöne Aussicht aufs Meer, eine Flasche Retsina, 30 Minuten Erinnerung und vier Stunden Wartezeit.

Anfangs fühlte ich mich wie ein Strichjunge, dann wurde ich müde, mir weitere Gedanken zu machen und schlief in der Vorfreude ein, sie bald wiederzutreffen. Die Sonne weckte mich, und irgendwo fand ich 500 Drachmen, einen Zettel „Amüsier dich gut (Wann sie den wohl geschrieben hat?), Love, Evelin". Ich schlenderte durchs Dorf, kaufte mir ein Pa ar Sandalen, etwas zum Rauchen und ärgerte mich, kein Griechisch zu können. Dann setzte ich mich zu den auf den Gehsteig sitzenden Männern. Arbeitslose Kreter starrten mich neugierig an. Einer setzte sich zu mir: „Amerikan?"

„Nein, Austria", und dadurch, dass er neben mir saß, gab er mir ein behagliches Gefühl. Ich war in die große Gesellschaft der nichtstuenden Männer aufgenommen. Männerherrschaft sieht also so aus, dachte ich und begann mich ihnen anzupassen.

Ein anderer Bewohner der Insel setzte sich in meine Nähe, begann sich zu kratzen, deutete mir, dass er auf einen Baum gestiegen war und sich irgendwelche Läuse geholt hatte. Er bestellte mir noch einen Greek Coffee, kratzte sich an der Hausmauer, verlangte den Busfahrplan, deutete mir, wann der Nächste kommen werde, als ich ungeduldig auf die Uhr schaute. Als der Bus dann ohne mich abgefahren war, gab er es auf, mich zu verstehen, unterhielt sich mit anderen. Irgendwann war dann Evelin gekomken, mit Aktenkoffern und selbstsicheren Schrittes winkte sie mir schon von Weitem zu und nahm sofort ih r Schild mit der Aufschrift „Adriane Reiseagentur" von ihrer Bluse. Jetzt war sie wieder privat. Meine private Reiseleiterin. Im *Malipos,* einem Esslokal direkt neben dem Meer, hingen über einigen Stühlen Kleider, standen auf den Tischen Teller mit Speiseresten. Die dazugehörigen Einheimischen waren gerade baden. Dann kamen sie, setzen sich in ihren zu Badehosen umfunktionierten Unterhosen und die Damen in ihren viel zu weiten Badeanzügen auf Plastiksessel und aßen und tranken weiter. Wir gingen in die Küche, „Töpfe gucken", und bestellten gefüllte Tomaten, Koteletts und griechischen Salat.

Evelin sah abgespannt aus und erzählte von den Amerikanern, die dieses Dorf in Beschlag genommen haben. Als Notstützpunkt ist Kreta geeignet und Chersonissos auserwählt. „Wenn keine Amerikaner, dann kein Tourismus", wusste meine Reiseleiterin zu erzählen. Dann kamen zwei Amerikaner mit einem aufffrisierten VW Käfer, das Autoradio auf voller Tube, setzten sich in die Nähe ihres Autos, die Türen offen, bestellten zu ihrem mitgebrachten Whisky zwei Kaffee und genossen ihren Rock- und Soul-Sound, der sich über die Gäste ergoss, den jungen Wirt erfreute, den anderen egal war. Sie haben sich schon daran gewöhnen müssen.

7. Warten, bitte Warten!

Bei Ihrer Vorgeschichte muss man schon genau schauen, wir sind ja mit den Experten in Innsbruck kurzgeschaltet. Eine HerzOP ist ja nicht ohne, gell. Das Blut kommt jetzt ins Labor, Schmerzen haben sie jetzt keine. Oder? Ah so, im Brustbereich und vor allem am Rücken, der Grund, warum sie der Arzt mit der Rettung zu uns geschickt hat. „Wir machen dann ein CT, dann sehen wir weiter", sagt der Mann im weißen Mantel, der auf seinem Schild an der Außentasche Dr. Holz und irgendwie heißt. Den ganzen Namen kann ich nicht lesen. Ich liege im Aufnahmeraum im Krankenhaus und schließe die Augen.

Aufstehen, sagt mein Großvater. Es ist stockfinster, nur in der Küche brennt ein Licht, meine Großmutter reibt die Kaffeebohnen in einer alten Kaffeemühle und schüttet dann die gemahlenen Bohnen in einen Topf mit heißem Wasser, der am Herd steht und wartet, bis er aufschäumt. Mein Großvater ist schon angezogen und „fascht" seine Füße mit Tüchern ein, bevor er sie in feste Bergschuhe hineinzwängt. „Da setzt Dich her und iss was", sagt er und reicht mir eine klebrige schwarze Masse und eine Schale Milch, „Hadensterz ist gesund". Er macht mir vor, wie man das isst, nimmt einen großen schüttet den Kaffee drüber und verrührt das Ganze.
    Wir haben heute einiges vor. Bis in die Papratniza ist es weit, einen Tag werden wir schon unterwegs sein.
    Die graue Masse vor mir schmeckt mir gar nicht, ich trinke die Milch. Ich weiß, dass er am Fuße des Radsbergs ein Stück Wald besitzt, aus dem immer wieder Holz heraus gestohlen wird. Man muss immer wieder vorbeischauen, sonst werden die übermütig. Er steht an der Tür und wartet auf mich.

„Herr Doktor", fragt eine Frauenstimme, „was für ein Doktor sind Sie denn eigentlich?" Schneller, als ich antworten kann, fragt sie mich nach meinem Geburtsdatum, „damit ich nicht von jemandem Falschen das Blut abnehme."

„26.9.1944", sage ich und dann „Wirtschaft".

Muss interessant sein, sagt das junge Mädchen, auf dessen Schild DGKP steht.

Ich frage, was das heißt.

Diplomierte Gesundheits- und Krankenpflegerin erfahre ich und sehe eine Frau Dr., die neben ihr steht, wie sie mir einen Venenweg legt und Blut abzapft.

„Das schicken wir jetzt in Labor."

„Schmerzen haben Sie keine?", fragt die junge Frau Dr., deren Namen ich nicht lesen kann.

„Doch", sage ich und wiederhole mich, „da vorne im Brustbereich und hinten am Rücken."

„Aha", sagt sie, so als hätte sie einen Verdacht. „Ich werde das mit Peter, eh, dem Oberarzt durchgehen, die ELGA haben wir ja auch. Wenn er kommt, dann schauen wir uns das gleich an", sagt sie und verschwindet durch eine Schwingtür, die in den anderen Aufnahmeraum führt. Die Tür pendelt öfters hin und her, bis sie ganz stillsteht.

Großmutter macht uns Kreuzerln auf die Stirn und sagt „Gottes Segen und kommt's wieder gesund heim", dann sie dreht sich um und schließt hinter sich die Tür zu.

Mein rüstiger Großvater und ich gehen in die Dunkelheit. Das Gras am Feldweg ist taunass.

„Musst aufpassen, sonst werden deine Füße ganz feuchtert", sagt er, der vor Nässe keine Scheu hat. Wir gehen einen Feldweg entlang, auf dem sonst Kühe zu ihren Halten getrieben werden. Sie hinterlassen tiefe Abdrücke in der feuchten Erde. Die Bauern vom Dorf treiben ihre Kühe in der Früh auf die Weide und abends wieder zurück in den Stall. Mein Großvater ist wie immer schweigsam, nur beim Überqueren einer Brücke über die Gurk sagt er stolz: „Die hat der Hitler gebaut, die Straße und die Brücke da auch". Der Feldweg mündet in eine bessere Schotterstraße, die hinauf nach Mieger führt. Ich freue mich, dass es jetzt leichter zu gehen geht. Ich denke hin und her, wie der Hitler das gemacht hat, in diesem abgelegenen Gebiet eine Brücke zu bauen, war er ein Bauingenieur oder wie?

Mein Großvater begrüßt einen Kleinhäusler, der gerade seine Bäume schneidet. Sie reden windisch und ich stehe herum und denke über Hitler, den Straßenbauer nach. Wieso war der hier, in Südkärnten?

Die Blutprobe ist schon im Labor, wir werden von ihren Bakterien Kulturen züchten, dann kann man sehen, welche Stämme die haben und auch mit welchen Antibiotika man sie behandeln kann, da weiß man dann auch, woher sie kommen, wo der Infektionsherd ist. Für einen Arzt ist das besonders wichtig, den Infektionsherd zu bestimmen, da kann man dann richtig reagieren, sagt ein begeisterter und aufgeregter Arzt. Jetzt heißt es warten.

Mit dem Gefühl, dass was weitergeht, liege ich da im Aufnahmeraum und lese einen an die Wand gehefteten Anschlag.

„Da die Krankenkassen zusammengelegt werden, kommt es zu längeren Wartezeiten."

Ich frage mich, warum der Warteraum nicht „Zeitverkürzungssaal" oder „Begegnungsraum" genannt wird?

Ein Bettnachbar erzählt mir, dass er alles selber gebaut hat, einen Maurer haben wir schon g'habt. Wir haben damals vor 40 Jahren den 1.ten Stock gebaut, da hat er zu mir gesagt, Du Karl, hat er g'sagt, ein 2.ter Stock würde da aber gut drauf passen. Du spinnst wohl, hab ich g'sagt, aber er hat nicht locker lassen und gebaut haben wir ihn, den 2.ten Stock. Und froh bin ich heute; Fremdenzimmer haben wir g'macht, damals vor 40 Jahren. Und weil wir die Pension „Limmat" genannt haben, so heißt der Flurname, haben viele Schweizer gedacht, wir sind Schweizer wie sie und haben bei uns gebucht. Limmat heißt ja der Fluss von Zürich.

Schwarz vor den Augen hab ich gehabt drum bin ich hier, es geht mir aber eh schon wieder besser.

Jetzt hat alles meine Tochter, mein Sohn ist beim Motorradfahren ums Leben gekommen, mit einer Guzzi, kennen's die, eine italienische Marke, eine teure Marke kostet viel Geld, mein Enkel ist auch tödlich verunglückt, der andere Enkel lernt Mechaniker.

Eine Zahnärztin, die ich vom Studentenheim kenne, fährt über meinen Nasenrücken. Durch die Nase atmen, sagt sie, für den Zahnabdruck musst du den Mund offen halten, fünf Minuten oder länger, bis er trocken ist, sie streichelt meinen Nasenrücken. Ich habe das in einem Seminar gelernt, sagt sie zu ihrer Assistentin, es beruhigt. Tut gut?, fragt sie mich und ich antworte mit einem Wimperschlag.

Wir warten draußen, sagt meine Tochter und streichelt meine Hand. Meine Frau steht hinter ihr und lächelt mich an. Ich war gerade beim Zahnarzt und durfte den Mund nicht zumachen, bis die Kunstmasse getrocknet ist wegen einer Brücke, sage ich.

Das ist aber schon ganz veraltet, heute macht man das mit einem 3DDrucker und dem Computer, das geht ganz schnell.

Ja, aber damals war das anders.

Wir müssen wieder rausgehen, ein fester Händedruck und weg sind sie, um bei der Tür nochmals sich umzudrehen.

Der Minutenzeiger der Uhr, die ausschaut wie eine Bahnhofsuhr, bewegt sich langsam von Ziffer zu Ziffer. Ich habe den Eindruck, die Zeit bleibt stehen. Ein leises Tack, Tack höre ich, oder bilde ich es mir nur ein? Ich versuche, mich nicht auf die Bewegung des Zeigers zu konzentrieren.

Großvater trinkt in der Bahnhofsreste ein Schleppe Bier aus der Flasche, er erzählt, gerade aus dem Krankenhaus entlassen und auf dem Weg ins Altenheim, wie er beim Wasserlassen mit den Händen in der Schüssel nach den kleinen Nierensteinen gesucht und auch gefunden hat. Die Ärzte hätten das nicht gemacht, sagt er stolz.

Sie machen sich gar keine Vorstellungen, wie sich ein Arzt freut, wenn er weiß, woher die Entzündungsherde kommen, wiederholt er sich, der Dr. Holz-und-noch-irgendwie, da weiß man dann, wie man dran ist, da kann man richtig reagieren, die nächsten Schritte setzen, die Therapie danach richten, man ist am richtigen Weg und weiß, wohin er führt.
Sie haben die Schmerzen am Rücken und vorne um den Rippenbogen herum, die ganze vordere Bauchgegend? Ja? Das ist genau das Krankenbild, das würde passen, in der Nacht mehr als am Tag? Und schon länger? Das spricht dafür, ich möchte sagen, ist fast schon eindeutig. Sichtlich erleichtert steht Herr Dr. Holz sowieso neben mir und redet jetzt mit der Schwester. Wir legen jetzt noch einen Venenweg, damit wir mit der Entzündungsbekämpfung gleich beginnen können. Natürlich werde ich das mit dem Labor abklären, aber der Krankheitsverlauf, so wie sie ihn schildern, spricht sowas von eindeutig, also sie sagen am oberen Rücken und vorne in Höhe des Zwerchfells?

Ja, ich nicke, er: ich mach das jetzt noch fertig und gehe gleich damit ins Labor, Material zum Untersuchen haben wir ja schon genug; aber sicher ist sicher, da nehmen wir noch frisches und Schwester gehen's holen's die Flasche für den Urin. Ja das geht ja jetzt ganz gut. Ich geh dann jetzt und komme gleich wieder, dann haben wir es amtlich.

Ich konzentriere mich auf meine Schmerzen, die plötzlich nicht mehr so stark sind. Ist es die angesteckte Begeisterung, Vorfreude, oder Einbildung?
    Ich weiß es nicht.

Ich schließe die Augen und sehe schon wieder meinen Großvater vor mir, wie hat er seine Krankheiten gemeistert, über Schmerzen hat er nie geklagt; er war mein Vorbild, weil ich die meiste Freizeit bei ihm verbracht habe.

Im Altenheim, ich sitze neben ihm, er erzählt mir, dass er beim Schwammerlsuchen mit den Kopf nach unten im Wald hängen geblieben ist. Hat lange gedauert bis ich mich da wieder befreit habe, sagt er.
    Jetzt weiß ich, dass man an einem Karfreitag nicht in den Wald geht.

„Herrgott-Sakra-Kruzitürken nach einmal" höre ich eine Stimme, „jetzt warte ich schon eineinhalb Stunden auf den Ärztebrief, jetzt wo meine Tochter mich abholt, die muss ja wieder in die Firma fahr'n."
    Herr-Gott-Sakra, diese Huren Warterei im Krankenhaus mir haben's g'sagt, dass die Ärztin ihn schon geschrieben hat, wo ist er nun denn? Diese Huren-Warterei im Krankenhaus. Eine Schwester versucht zu beruhigen. Ist ja schon fertig.
    Und wo ist jetzt meine Tochter?

Großvater sitzt allein in der Küche und isst seine „Brätlinge", Schwammerl, die seiner Meinung nach besser schmecken als ein Schnitzel. Hast wieder Ärger mit deiner Mutter g'habt?
    Ich lächle. Da fahr ich dann schneller mit dem Fahrrad, 35 Minuten hab ich gebraucht von Klagenfurt zu Dir.
    Kumm, gemma in die Au, schauen wieviel Erden die Gurk weggeschwemmt hat. Sagt er und stopft sich den letzten Bissen von seinem „Brätling" in den Mund.

Die DGKP-Schwester kommt mit dem Dr. Peter, äh Holz … irgendwie. Hat man schon ein Ergebnis?

Äh, nein, nicht das, was wir geglaubt haben, sagt ein enttäuschter Arzt.

Die Entzündungswerte kommen von wo anders her, wir müssen weitersuchen.

Wir legen Sie jetzt auf die Intensivstation, damit wir Sie besser im Blick haben, dann sehen wir weiter, sagt er.

LEIDER hat er zwar nicht gesagt, aber seine Enttäuschung sieht man ihm an.

(November 2019)

8. Der kaputte Kanaldeckel in Chisinau und eine Begegnung der besonderen Art

Wenn sich Franky zu seinem Computer setzt, die Entertaste drückt, dann öffnet sich für ihn eine andere Welt. Seine Welt!

Achtundzwanzig ungelesene Nachrichten. Er wird regelmäßig von Buchungsplattformen, Flug- und Hotelanbietern, Reisebüros, privaten Reiseveranstaltern, aber auch Lebensmitteldiskontern, die Reisen anbieten, mit Sonderangeboten überhäuft.

Er, der pensionierte Logistiker, kennt sich da aus bei Destinationen, Carrier, Frachtpapieren, günstigen Verkehrsverbindungen und sonstigen „Reiseschmankerln", wie er sich ausdrücken würde. Jetzt in der Pension managt er nicht mehr Waren aller Art, sondern Personen, überwiegend seine eigene.

Ein richtiger Reise-Junky eben.

Stolz erzählt mir Franky im McCafé – da gibt es ein sensationell günstiges Frühstück und alle Tageszeitungen gratis zum Lesen –, dass er gerade erst vor drei Tagen in Bilbao war, (das Guggenheim-Museum muss man gesehen haben), auf der Plaza Nova hat er den weltbesten Rioja getrunken und über Brüssel kommend ist er jetzt nur auf einen Kurzbesuch in seiner Heimatstadt Klagenfurt. Vor Bilbao war er in Breslau, der Weltkulturhauptstadt 2016. Nur einen Tag, das habe kulturmäßig gereicht. Und nicht zu vergessen, er war ja auch auf einem Kurztrip in Istanbul, seiner Lieblingsstadt, um die Lage in der Stadt nach dem Putsch zu testen. Scherzhaft meint er, dass ja Erdogan alle seine Feinde schon verhaften hat lassen.

Ich höre ihm fassungslos zu. Es ist eine Mischung aus Neid und Begeisterung, die sich bei mir breit macht. Ich will was sagen, komme aber nicht dazu. Sein Smartphone läutet.

Konzentriert studiert er seine EMails – Trivago, Booking. com, ab-in-den-urlaub, Holidaycheck, Miles & More und Aus-

trian Airlines und stoppt bei einer Eilt-Nachricht der Lufthansa. Laut liest er vor:
„Herr Mag. Franz Wieser. Nur bis Sonntag! Europa-Tickets traumhaft günstig.
Die Zeit läuft. 36 Stunden, 12 Minuten, 10 Sekunden.
Lieber Herr Wieser, das dürfen Sie nicht verpassen. Nur bis Sonntag gibt es noch Europa-Tickets zu phänomenal günstigen Preisen. Geben Sie ihre Wunschdestination ein, die Zeit läuft. Nur noch 36 Std. 9 Minuten 19 Sekunden.
„So ein Schnäppchen", sagt er.
„Also wohin fliegen wir?", fragte ich scherzhaft
„Nach Chisinau, die Hauptstadt von Moldawien! Mit dieser Stadt habe ich noch eine Rechnung offen."
„Was für eine Rechnung?"

„Das war vor acht Jahren, da bin ich auf einen kaputten Kanaldeckel in Chisinau gestiegen und habe mir fast den Knöchel gebrochen."
„Und? Jetzt?", fragt ich.
„Den suchen wir, den Kanaldeckel in Chisinau. Kommst Du mit?"
„Wohin? Nach Moldawien? Chisinau? Noch nie gehört!"
„Dann wird es ohnedies höchste Zeit. Bei so einem günstigen Reiseangebot muss man einfach zugreifen!", ereifert er sich.
Zeit hätte ich ja, und billig ist diese Reise auch, aber was geht mich der Kanaldeckel in Moldawien an?
„Ich habe eh nichts Besseres vor!", sage ich eher scherzhaft.
Ich wollte in sechs Monaten nach San Francisco fliegen, deshalb habe ich ihn unbedingt treffen wollen. Vielleicht hätte er einen Tipp für mich. Aber auf eine Reise nach Moldawien war ich nicht eingestellt.
Ich bin kein Freund überhasteter Entscheidungen und fühle mich leicht überfordert, aber Franky will rasch eine Antwort. Die Zeit läuft! „Noch 35 Stunden, 3 Minuten 10 Sekunden", liest er mir von seinem Handy vor.

„Je früher wir buchen, desto günstiger ist es", mahnt der Reiseprofi.

„Meggi fliegt sicher auch mit."

Frankys Freundin Magdalena steht ihm an Reiserfahrung nichts nach.

Während ich in Kärnten zwischen Klagenfurt und Völkermarkt pendle, ist sie als Reiseleiterin ständig in Spanien, Italien und Deutschland unterwegs.

Mein Reise-Terminkalender ist noch leer, gähnend leer, aber wegen eines Kanaldeckels nach Moldawien fliegen?

Andererseits fühle ich mich auch geschmeichelt, dass ich mit zwei so erfahrenen Reiseprofis als Begleiter mitfliegen kann.

Wir checken nochmals seinen Terminkalender durch. Er hatte bereits eine Woche Shanghai gebucht, dann müsse er noch unbedingt nach Jerusalem fliegen, dort hatte er einen Friseurtermin.

„Nach Shanghai und vor Jerusalem müsste sich Chisinau ausgehen. Geht das bei Dir?", fragt er mich.

Auf meinem Reise-Terminkalender war Platz genug bis auf jenen Termin in sechs Monaten nach San Francisco.

Also fliege ich mit. Ich bilde dann gemeinsam mit Meggi die „Kleingruppe", die er, der erfahrene „Schon-Einmal-Dagewesene" leitet.

Chisinau (Aussprache: Kischinau) hat rund 700.000 Einwohner und jenen Charme von Städten, die jahrzehntelange sozialistische Prägung erfuhren. Riesige Wohnblöcke, Betonburgen, von deren Fassade die Farbe bröckelt, wo auf der Außenseite zwischen den Fenstern Wäscheleinen gespannt sind und Unterhosen und Nachthemden zum Trocknen hängen. Die Zeitschrift „Welt" hat Chisinau in die Liste der „Orte zum Abgewöhnen" aufgenommen.

Wir haben Glück, an dem Wochenende unserer Reise findet das jährliche Weinfest statt. Am Plan steht auch der Besuch des laut Guinness Buch der Rekorde 2007 weltgrößten Weinkellers, der sich in aufgelassenen Kalkbergwerken rund 30 m unter der Erde befindet und 120 km lange Straßen hat. Man kann mit Autos in den Berg hineinfahren und rund 1,2 Millionen Weinflaschen bewundern, die dort gelagert sind.

So sitzen wir drei also an einem lauen Abend im Lokal „Propaganda", einem Studentenlokal mit angeblich guter Küche. Franky fand es in einem Stadtführer unter der Rubrik Empfehlungen. „Ruhige Nebenstraße", hat uns der Führer als Zusatzinformation versprochen.

Autos, Motorräder und Mopeds fahren ununterbrochen nur wenige Meter an uns vorbei, es ist laut und es stinkt nach Auspuffgasen. Wegen des berühmten Weinfestes, das morgen beginnen soll, fänden am Hauptplatz Aufbauarbeiten statt und der Verkehr würde über diese Nebenstraße umgeleitet, erklärt uns eine Serviererin in erstaunlich gutem Englisch und bringt uns ein Programmheft.

The National Wine Day ist bereits der sechzehnte seiner Art und steht diesmal unter dem Slogan „Keep the legend alive". Dreiundvierzig heimische Winzer feiern nach der Weinlese auf dem Platz der Großen Nationalversammlung von Chisinau ihr traditionelles Fest mit Tanz, Gesang und natürlich Weinverkostung.

Weiters lese ich, dass das Weinfest „supported from the American People – USAID" wird und bin verwundert.

Diese Amis sind doch gute Menschen und sicher ohne Hintergedanken.

Hilfe aus dem reichen Westen hat Moldawien durchaus nötig. Es gedeiht in diesem Land nicht nur der Wein recht üppig, sondern auch – Überraschung! – die Korruption. Im weltweiten Korruptionsindex hat es der Staat auf den stolzen Platz 128 geschafft und hält sich dort tapfer zwischen Mexiko und Paraguay. Mit mehr als 780 Millionen Euro hat die EU Moldawien unterstützt. Ein Großteil davon ist in dunkle Kanäle geflossen und schließlich Offshore versickert. 2015 kam es deswegen zu Demonstrationen und einer Regierungskrise, die aber jetzt angeblich überwunden sei, google ich.

So sitzen wir also im „ruhigen" Studentenlokal und genießen einen moldawischen Wein. Jetzt möchte ich doch genauer von Franky wissen, was damals vor acht Jahren passiert ist.

„Der Kanaldeckel war nicht kaputt", erklärt Franky voller Eifer, „nur locker, auf einer Seite nicht richtig befestigt; also etwas schadhaft, schlecht in der Straße verlegt. Ich habe dann irgendwie auf der falschen, der lockeren Seite, meinen linken Fuß so stark draufgestellt, dass ich hinunterrutschte, bis zum Bauch (später sagte er bis zur Prostata) im Kanal drinnen steckte und mich mit beiden Händen abstützte. Dabei habe ich die Finger geprellt, an beiden Händen, links den Mittelfinger und rechts den kleinen. Daneben war eine Bushaltestelle und alle Wartenden haben zugeschaut, wie ich da hilflos zappelnd im Kanal hing. Gerade, dass die Gaffer nicht applaudiert haben. Mein Begleiter und einige hilfsbereite Passanten haben mich dann herausgezogen. Humpelnd habe ich das Hotel erreicht und war froh, mit so geringen Verletzungen und mit dem Schrecken davongekommen zu sein."

„Eine schöne Geschichte", sage ich und kann mir nicht vorstellen, wie das möglich ist, am Gehsteig in einen Kanal zu fallen.

„Und den Platz suchen wir morgen!" Er faltet den Stadtplan aus und sucht die Hauptstraße Bulevardul Stefan cel mare, dann zeigt er auf einen Punkt in der Karte.

„Da, da müsste es ungefähr gewesen sein. Den Platz finde ich, wo ich mein Kanaldeckel-Erlebnis hatte! Da lasse ich nicht locker, ob ihr mitkommt oder nicht."

„Ehrensache", sagte Meggi und ich: „Wir begleiten dich". Dann wechseln wir das Thema.

Er, der Globetrotter, erzählt von seinen Erfahrungen, die er gemacht hat in Peru auf über 4000 m Höhe und ich von meinem Traum, den Kilimandscharo zu besteigen, einen Plan, den ich aber schon aufgegeben habe. Meggi weiß von ihren Freundinnen zu berichten, die alle gut trainiert waren und es auch nicht geschafft hatten.

Am Nachbartisch nehmen drei junge Moldawierinnen Platz, modisch angezogen wie bei uns, jedes Mädchen hat ein Handy und sie kichern, schauen gemeinsam auf ein Handy, stecken ihre Köpfe zusammen und lachen dann wieder laut. Die Mädchen wecken meine Aufmerksamkeit. Jetzt sehe ich, wie ein Mädchen mit roten langen Haaren dazukommt. Wie ein Blitz trifft es mich. Dass es so etwas gibt!

Sie schaut nicht nur aus wie meine Exfrau, meine damalige Jugendliebe im Studentenheim, sie ist auch so spontan, natürlich, unbekümmert mit viel Lachen und Charme.

Franky ist inzwischen in seinen Erzählungen bereits in Nepal auf 5000 m, dort wo er keine Probleme hatte, damals, da er lange genug sich akklimatisiert hatte, aber er würde mir heute, in meinem Alter, abraten.

Die junge Moldawierin am Nebentisch interessiert mich mehr. Dass ich nach rund fünfzig Jahren auf eine Frau treffe, die die gleiche Eleganz und Unbekümmertheit ausstrahlt wie damals meine Studentenliebe und spätere Frau.

Ich schaue immer öfter zu ihr hinüber, leider verstehe ich kein Moldawisch, aber auf alle Fälle lachen die da drüben mehr als wir.

Meggi schaut immer öfter auf die andere Seite, wo Autos auf der Straße parken. Später erzählt sie, was ihr ein Rätsel ist: Woher kann ein Auto Dellen am Heck bekommen? Oder sind das Karosserieschäden? Was sind das für Flecken da oben am Dach?

Er, Franky, ist mit seinen Erzählungen zurückgekehrt auf 440 m, der Seehöhe von Klagenfurt, wo er dann übermorgen, gleich nach der Reise, zu einer Untersuchung seiner Stents sein muss.

Meggi mustert das Auto auf der Straße und wundert sich, dass die „Autodellen" sich „bewegen".

Dann, so hat sie später erzählt, entdeckt sie, dass es der Schatten von Blättern ist, der diese Sinnestäuschung ausgelöst hat.

Ich bin von der Rothaarigen am Nachbartisch fasziniert und komme mir selber komisch vor, vergangen ist vergangen, denke ich, aber die Ähnlichkeit, diese Ähnlichkeit.

Ich höre, wie ein Mädchen meine Jugendliebe Galina nennt. Ein schöner Name denke ich. Galina klingt anders als Herta, der Name meiner Ex.

Plötzlich verstehe ich wieder, warum ich damals so auf Herta abgefahren bin. Heute ist nur der Satz noch in meinen Ohren: „Bring deine Finanzen in Ordnung, dann ist auch die Beziehung wieder ok", und noch später dann die Briefe mit „Ich muss die Heizung reparieren und habe kein Geld … Kannst du mir helfen?"

Da drüben sitzt die „junge" Herta, in die ich verliebt war und die mich noch heute verwirrt.

Jetzt ein schüchterner Blick von Galina, ist da was? Spürt auch sie eine Spannung zwischen uns?

Meggi ist bei ihrer Beobachtung beim Auto, Franky erzählt zum wiederholten Male von seinem Kanaldeckel, den er morgen suchen werde, er müsse unbedingt in den Bulevardul Stefan cel mare.

Meggi steht plötzlich auf und geht zum parkenden Auto auf der Straße und überprüft die „Delle".

Franky sagt, dass er müde sei. Wir bestellen ein Taxi, es wird dauern, sagt man uns.

Er schaut immer wieder auf den Stadtplan und sucht den Platz, den bestimmten Platz, wo es damals auf der Hauptstraße passiert war. „Den finde ich", sagt er, „da lasse ich nicht locker …" „Was ihr macht, ist ja eure Sache!"

Wir bestellen noch eine Flasche Wein.

Die Mädchen am Nachbartisch lachen, stecken ihre Köpfe zusammen und haben viel Lustiges am Handy anzuschauen, über das sie sich amüsieren.

Jung, unbekümmert, kindisch, wie nur Jugendliche sein können. Damals, das waren Zeiten, denke ich vor mich hin, und was ist daraus geworden? Eine in den ersten Jahren glückliche Ehe, dann ein mehr als komischer Trennungsgrund: die Finanzen in Ordnung bringen …

Ich schaue in Gedanken versunken zum anderen Tisch hinüber. Galina schaut zurück, einen Bruchteil einer Sekunde lang treffen sich unsere Blicke, aber da ist schon wieder alles vorbei, zu langsam, beim Flirten war ich noch nie gut, beruhige ich mich …

Franky, über die Karte gebeugt, ist mit sich beschäftigt. Er zeigt auf einen Punkt in der Karte …

Meggi erklärt uns nochmals ihre Sinnestäuschung mit der Delle, und ich denke an die Zeit damals, wie unbeschwert wir da doch waren, jugendlich leichtsinnig. Wegen ihr wäre ich beinahe aus dem Studentenheim geflogen, da sie verbotenerweise bei mir im Zimmer übernachtet hatte und um sechs Uhr früh die Frau vom Heimleiter im Lift getroffen hat …

„Ich geh noch auf die Toaleta", sage ich zu meinen Mitreisenden.

Ich höre ein lautes Lachen vom Nachbartisch. Das gilt ja wohl nicht mir? Ich stehe fast gleichzeitig mit ihr auf. Galina geht vor mir, ich in einigem Abstand hinter ihr. Ich schaue ihr belustigt zu, wie sie vor mir elegant stolziert und lache über mich.

NEIN. Ich habe sie nicht angesprochen. Wir haben keine Telefonnummer, keine EMail-Adressen und Facebook-Accounts ausgetauscht, wir haben auch nicht im Gang geschmust. NEIN, wir haben uns keine „sehnsüchtigen, vielsagenden" Blicke zugeworfen.

Sie ist hinter der Tür mit der Aufschrift „Femeia" verschwunden und ich bin zu den „Barbati" gegangen.

Meggi, Franky und ich sind aufgestanden und gegangen, weil wir nicht länger auf das Taxi warten wollten. Galina ist mit ihren Freundinnen am Nachbartisch sitzen geblieben, ohne uns zu beachten.

Galina adieu.

Am nächsten Tag und auch am übernächsten suchen wir den Kanaldeckel. Wir haben ihn nicht gefunden. Trotz dem Vergleich alter Fotos und dem oftmaligen Abgehen der Stelle, wo es seiner Erinnerung nach hätte sein müssen. Franky meinte, über den Kanaldeckel hätten sie einen Zeitungskiosk gebaut. Den hätte es damals noch nicht gegeben, wohl aber die Bushaltestelle.

Ob Franky nochmals wegen des Kanaldeckels nach Moldawien fliegen wird, weiß ich nicht. Ich traue es ihm irgendwie zu.

Ob ich mich auf die Suche nach meiner vergangenen Jugendliebe extra nach Moldawien aufmachen werde, ist eher unwahrscheinlich, aber vielleicht treffe ich Galina woanders? Wer weiß?

(Chisinau, 30.9.2016)
Klagenfurt, 10.12.2017

9. Eine Autofahrt im Winter

Wir sitzen im Auto, ich fahre. Ab Werfenweng ist auf der Tauernautobahn Schneefahrbahn. Es schneit auch jetzt sehr stark. Neben mir sitzt meine Frau, die gewohnt ist, selbst zu fahren, aber wir haben gerade gewechselt. Die Fahrbahn war bisher trocken, aber jetzt liegt Neuschnee auf der Autobahn.

„Pass auf, da vorne …"

„Ich seh ja, ich bin ja nicht blind."

„Fahr nicht so nahe heran, hast du Rückleuchte eingeschaltet?"

„Ja, natürlich."

„Du fährst zu schnell."

„Ist 30, 35 schnell? (schaut sie an) So entspann dich! Ich mach das schon."

„Ja genau, auf das hab ich gewartet, dass Du überholst, da ist ja kaum Platz, lauter Schnee."

„Es geht sich schon aus."

„Nicht so knapp, puh, das war eng."

„Ich fahr nur dem Schneepflug nach."

„Aber nicht so knapp, siehst Du überhaupt noch was? Ich seh nichts."

„Ich schon." (nach einiger Zeit)

„Ich halt das nicht aus."

„Ich konzentrier mich. Ich komm mir vor wie wenn ich einem ‚Safetycar', weißt eh, bei einem Grandprix-Rennen nachfahre, da muss man ah höllisch aufpassen besonders beim restart."

„Du mit Deinen Autorennen. Das ist aber kein Autorennen. Jetzt fahr nicht so knapp ran."

„Der Abstand zum Safetycar, ah Schneepflug ist immer gleich."

„Mir wird gleich schlecht! Dass Du da überhaupt noch was siehst, die Scheibenwischer gehören auch schon längst einmal gewechselt. Hast überhaupt noch Wasser für die Scheiben?"

(Ich drücke auf den Knopf für die Scheibenwischanlage)

„Jetzt ist es schlimmer als vorher."

„Jetzt fährt er weg, der Schneepflug!"

„Endlich, ich seh die Straßen nimmer, doch da, irr was?"

„Pass auf, bei den Scheibenwischer sind schon ganze Eisklumpen, siehst du überhaupt da noch was?"

„Ja, ich schon."

(Ich fahr auf der nicht geräumten Straße weiter, es ist dichter Schneefall und 20 cm Neuschnee liegt auf der Fahrbahn)

„Pass auf."

„Tu ich eh, so entspann Dich doch, ich mach das schon."

(Sie lehnt sich auf den Beifahrersitz nach vorne, als würde sie fahren.)

„Ich seh jetzt aber gar nichts mehr. Wart, ich hab eine Idee, schalt den Scheibenwischer aus."

„Dann seh ich nichts mehr."

Sie kramt nicht hinten und holt einen Schnee-Kratzer mit einem langen Stiel hervor und lässt das Seitenfenster herunter und beginnt, sich nach außen gelehnt die Scheibe zu Putzen.

(nach einiger Zeit):

„Besser geht's nicht."

„Viel hat das aber nicht gebracht! Du bist ja ganz nass. So ah Blödsinn."

„Einen Versuch war's wert! Was machst denn jetzt?"

„Ich fahr rechts ran."

„Ja, ich steig aus und versuch's nochmal."

(Sie steigt aus und putzt die Scheiben und putzt auch die Eisklumpen von den Wischern weg)

„Geht schon, so steig doch ein."

Sie steigt wieder ins Auto ein.

„Ich bin voll im Schnee g'standn, ein bisschen mehr weg vom Rand hättest schon stehenbleiben können. Jetzt sind meine Schuhe auch ganz nass."

„Ich hab ja da nichts gesehen vor lauter Schnee."

„Du fährst so schnell."

„Puhh, Du gehst mir auf die Nerven."

„Und Du mir erst, weils't jetzt besser siehst, fahrs't schneller oder was?"

„Ich fahr wie ich fahr. Jetzt geht's eh wieder ganz gut. Das erinnert mich an eine Reise in die Türkei, weißt eh, mit dem Olsche, wie wir den Religionslehrer genannt haben, ich sitz am Steuer …"

„Erzähl mir nichts, nicht so schnell."

„Ich fahr eh angepasst … was ich sagen will, es hat geschüttet wie aus Schaffeln und die Straßen waren voller Schlaglöcher, irgendwo in Ostanantolien."

„Pass auf da vorn, da blinkt etwas."

„Ich seh ja, glaubst ich bin blind?"

„Ich fürcht' mich."

„Ich konzentrier mich eh."

„Du fahrst zu schnell, pass auf … bleib stehn!, Stehbleiben, aber sofort, ich halt das nimmer aus, bleib stehn, hab ich gesagt (sie schreit ihn an), sofort!"

"Ja, ich kann da nicht."

„Ich halt das nicht aus! STEHNBLEIBEN!!!"

„Da vorne geht es!"

Ich fahr rechts ran, sie reißt die Tür auf und springt hinaus.

„Und jetzt? So ein Blödsinn"

Ich lehne mich zum Beifahrerfenster, mache es auf, es schneit herein, ich schreie hinaus.

„So komm doch, wir müssen weiter, es wird ja sonst nur noch schlimmer."

Sie sagt etwas von draußen, dass ich aber im Autoinneren nicht versteh.

„Fahrst dann langsamer?"

„Ja, ich fahr langsamer."
Sie steigt wieder ins Auto ein.
„Versprochen?"
„Was?"
„Dass Du langsamer fährst?"
„Ja! Da schau, da ist vor uns ein Pflug gefahren."
„Du fährst ja schon wieder so schnell."
„Jetzt geht es auch besser oder?"
„Du schau, jetzt sind wir schon in Spittal an der Drau, bald haben wir es geschafft. Wenn es so weiter geht!"
„Ich hab ja gesagt, wir sollen einen Tag früher zurückfahren, aber Du."
„Das hab ich aber anders in Erinnerung, Du wolltest noch die Zeit mit Deiner Enkelin genießen."
„Pass auf da vorne."
„Jetzt bin ich wieder schuld."
„War das so oder nicht?"
„Pass auf!"
„Ich tu ich eh: Du gehst mir ganz schön auf die Nerven, kannst Du nicht vertrauen, erstens, dass ich genauso gut wie Du mit dem Auto fahr und zweitens hab ich das Auto im Griff."
„Jetzt gibt nicht so an. Ich fürchte mich trotzdem!"
„Ich hab's in der Türkei gelernt, da musst ganz schön auf Draht sein!"
„Ja, das merkt man, pass auf, der vor Dir bremst gerade einer."
„Ja, so ein Depp, der wollte gerade überholen und hat nicht in den Rückspiegel g'schaut, auf solche musst aufpassen, da ist ja die Schneefahrbahn eine Kleinigkeit."
Sie nimmt ihr Handy heraus und macht Fotos.
„Ihr Frauen seid wohl sehr komisch. Zuerst wollt ihr alles Lernen von uns und dann, wenn ihr es könnt, dann wollt ihr besser sein als wir, damit ihr uns kritisieren könnt."
„So ein Blödsinn! Hoffentlich hört das bald auf, so einen Schnee hab ich schon lang nicht mehr gesehen."
Sie macht Fotos.

„Für was soll denn das gut sein?"

„Ich fang die Stimmung ein, da blinkt vorne wieder was gelb."

„Sie haben ja gesagt im Radio, dass es einen Stau gibt, pass auf!"

„Ja, aber erst in Pörtschach und in der Gegenrichtung."

„Da, siehst? Ein LKW steht quer und der Stau ist perfekt."

„Weil sie so schnell fahren, so wie Du."

„Ich fahr nicht schnell."

„Wie ich Dich hasse. Du einfach aufs Gas und brumm."

„Da fährt ein LKW auf Sommerreifen, ein anderer versucht ihn zu überholen und den schleudert's, dann passiert's."

„Das kann mir nicht passieren. Ich hab keine Sommerreifen!"

„Aber Du fährst wie ein Trottel. Jetzt überholst schon wieder."

„Soll ich da hinter dem Angsthasen da hinterherfahren? Da passieren, die meisten Unfälle, die Auffahrunfälle sind die schlimmsten! Auf die musst aufpassen."

„Und Du immer drauf, volle Pulle, schau da drüben der Stau."

„Hamma Glück, dass ma da nicht drinnen stecken!"

Das Handy von ihr läutet.

„Ja, Hallo Schatzi, ich wollt Dir nur Fotos schicken, der fährt wie ein Wahnsinniger!"

Ich erbost:

„Jetzt hör aber auf, ich fahr den Gegebenheiten angepasst!"

„Auf der Gegenfahrbahn ist der Stau, von dem sie im Radio reden; Pass auf, da vorne ist ein Blaulicht, ja war schön bei Euch, aber ich muss jetzt aufpassen; da vorne!"

„Ich seh's ja; ah da fährt ein Pflug, ja und, deshalb geht nichts weiter."

„Anstrengend, ja sehr. Ich halt das fast nicht aus, die Bäume sind voller Schnee, wenn die von dem nassen Schnee auf die Fahrbahn runterfallen, ist das Chaos perfekt."

„Was Du Dir alles einbildest."

„Kann aber passieren? Ja, ich muss aufpassen, Tschüss. Da vorne musst abbiegen."
„Ich kenn die Strecke."
„Aber jetzt musst links fahren, nicht so weit rechts, sonst fahren wir nach Wien."
„Ah geh?! Da ist aber Kolonnenverkehr!"
„Nicht so schnell, siehst nicht, dass da vorne wieder einer bremst?!"
„Du kannst einen vielleicht auf die Nerven gehen."
„Weil Du so knapp dran pickst, Du fährst wie eine gesengte Sau."
„Ich pick eh nicht drauf, sondern lass genug Abstand. Komm die letzten Kilometer schaffen wir auch noch. Gib a Rua."
„Da ist aber auch alles verschneit. So was hab ich schon seit Jahren nicht mehr gesehen."
„So eine Fahrt ich auch nicht."

Ich fahre zu meinem Parkplatz beim Wohnhaus. Sie steigt erbost aus, knallt die Autotür zu und läuft davon. Ich steige ebenfalls aus, laufe ihr nach, halte sie bei der Hand fest, will ihr einen Kuss geben. Sie ist hysterisch und hämmert mit ihren Fäusten auf meine Brust.

„Wie ich Dich hasse, ich hasse Dich! Ich hab solche Angst g'habt."
„Ja, Ja."
Ich versuch sie zu beruhigen.
„Du bist so ein Arschloch."
„Schon gut, schon gut."
„Weißt Du, was da alles hätt passieren können, wenn Du so schnell fährst?"
„Pack ma nur die wichtigsten Sachen aus dem Auto!"
Sie beruhigt sich langsam und hilft dann mit.

27. Dez. 2020

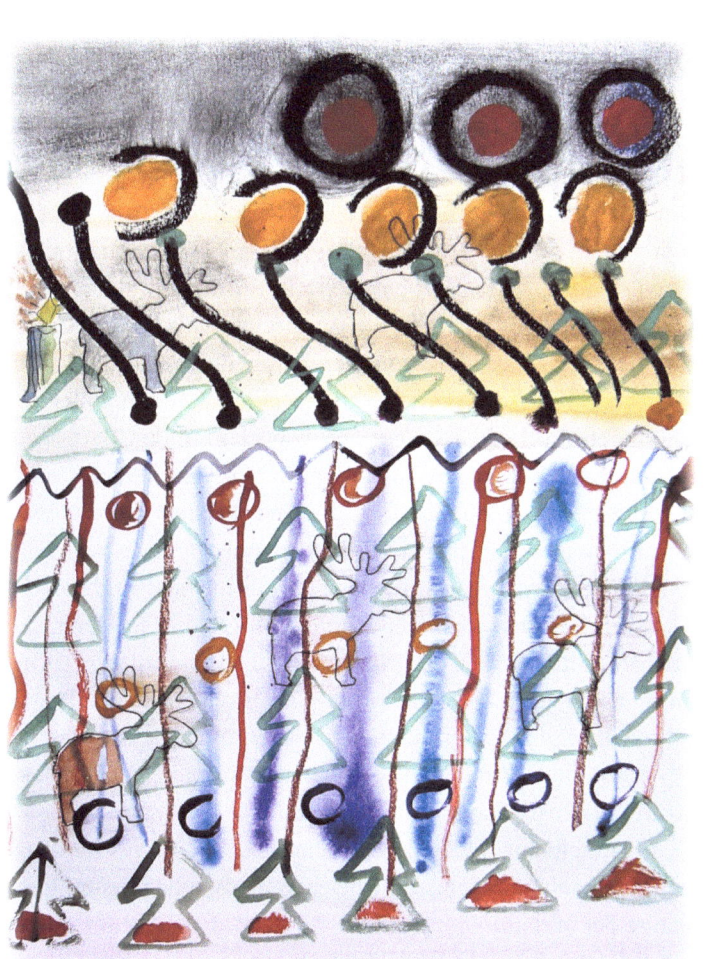

10. Afghanische Impressionen (Afghanistanreise mit G.F. Jonke)

Das Siebentausenderbündel feiern, dich daran gewöhnt haben, die Kilometer zu Tausend zu bündeln, sammeln, feiern, sie auf dem Gepäckträger, unter der Kühlerhaube, in den Radkappen verstauen, das Klappern und nicht mehr so dichte Verschließen als günstiges Zeichen verstehen lernen, verstehen gelernt haben, jetzt jedoch vor der persisch/afghanischen Grenze stehen, die Grenzformalitäten mit schwachem Puls durchstehen, ohne Blaskapelle, ohne Begrüßung des Staatsoberhauptes, überhaupt einer der wenigen sein, die sich nicht abschrecken ließen von der Choleraepidemie, den Choleratoten, deren Zahl von zwei auf zwanzig stieg, in den Berichten, Erzählungen der Touristen an der Grenze, die nicht ausreisen durften, weil die Wieder-Einreise nach Persien gesperrt war; den Impfpass verkrampft in deiner rechten Hand haltend, ihn ans Herz, auf die Stirne oder was weiß ich wohin drücken, später einen amerikanischen Entwicklungshelfer in Herat, der ersten Stadt nach der Grenze, in der „Touristeninformation" ausquetschen, Straßenverhältnisse, Sehenswürdigkeiten, kulturelle Anknüpfungspunkte suchen, später in der Wüste Daschti-Margut, der Wüste des Todes, schlafen, um festzustellen: Der Kulturaustausch hat schon begonnen!

Himmelblaue, altrosa, flaschengrüne, nachtschwarze Farben, die staubige Hauptstraße beleben, Farben der weiten Umhänge der afghanischen Frauen, der Tschadors, die gefaltet an ein Käppchen genäht das Gesicht hinter einer dicken Gitterstickerei verbergen, mit jenen der rosaroten und gelben Turbane finsterer, stolzer Männer ineinanderfließen, uns beobachten, vom passartigen Nordostwind immer neu belebt, bis du hinter einer dieser Gitterstickereien dunkle, feurig musternde Augen einer Afghanin entdeckst, eine Kamera ziehst, ein Foto machen willst, und sie aber rasch in einer Seitengasse verschwindet, ihrem stolzen Mann in einiger Entfernung folgend. Irgendwo dann Kinder spielen siehst, mit den Füßen bis zu den Knöcheln in einem Kanal stehen, in dem sich eine dunkelbraune Flüssigkeit durch die Straßen wälzt, die Geschäftsstraße mit den Läden, die zur Straße hin geöffnet sind, oben weiter, in Richtung zum Hotel mit den drei Land Rovern und dem VW Kombi und einigen ZCV am Parkplatz, wieder Kinder ihre Teeschalen waschen, dort fließen Abfälle hinunter, jemand erbricht sich, ein Ausländer, beim Anblick des offen zur Straße hin aufgehängten Hammelfleischs, oder beim Anblick der hellroten, giftgrünen Flüssigkeit in halb- bis dreiviertelvollen Coca-Cola-Flaschen, oder wegen des stechenden Uringeruchs beim Überqueren eines Platzes, den Grund für den Gestank nicht eruieren können, auch nicht so wichtig. Du denkst an Cholera, an ärztliche Fürsorge und sanitäre Einrichtungen, selbst ein komisches Gefühl in der Magengegend, das, wie sich später herausstellt, von den meisten Touristen in den ersten Tagen geteilt wird.

Nur Ausreisende haben sich akklimatisiert, schauen zumindest nicht so blass und krank aus wie du, als Beispiel der wenigen Afghanistanbesucher. Du siehst vor dem Lokal, die kärgliche Eierspeise hinunterwürgend, auf die Straße, links der Berber, im Freien eine Glatze rasierend, bei der Hälfte, Mittelscheitel weggerufen, seinen Kunden warten lassend, du gehst, dich nicht weiter um das Schicksal kümmernd als Zuschauer, Motivsucher, Händler, Neugieriger, Eindringling, was auch immer, als Fremder, während du dir bewusst wirst, viel später erst, als du dich daran gewöhnt hast, dich der Umgebung, dich deinem Rang gemäß anzupassen, du wieder Europäer, ein besserer, einer mit Geld und Kamera, als du in einem dieser bevorzugten Touristenlokale zum xten Mal Einheimische getroffen, gespeist und die *Kabul Times* gelesen hast, da ist es dir erst in den Sinn gekommen darüber nachzudenken, zwangsläufig, weil auch der Kellner, wie jeder Teppichhändler, wie ein Großteil der Bevölkerung nicht lesen kann, wie er damals, der Teppichhändler, seinen Nachbarn zum Lesen und Schreiben der Zahlen zu sich bat, zum Handeln, zum Umrechnen der Dollar, sich schwerfällig mit der aus Holzkügelchen bestehenden Rechenmaschine abquält und zu komplizierten Rechenoperationen Hände und Füße zu Hilfe nimmt, oder noch weiter zurück, einige Gedankensprünge nach rechts, durch die Wüste, auf russischer Betonstraße, abbiegen, Schlafplatz suchen, dieser neugierige Afghane oder Pasch tune, Angehöriger des Stammes aus den Bergen, der die weggeworfene Rasierklinge und die Konservenbüchsen aufsammelte, sie vielleicht als Wurfgeschoß verwendet, irgendwann einmal, wie damals in Ghazni, wilde Laute von sich gebend, Menschenmassen, Blut aus dem Bauch einer der ihren, in die Augen und Herzen nehmend, es weitertragend. Steine werfend, auf beiden Seiten hundert Männer aus den Bergen und hundert aus der Stadt, bis eine sechs Mann starke Militärtruppe ausrückt, mit Bajonettgewehren, im Laufschritt, links, rechts, links, rechts, englische Schuhe, um mitzumischen, auf irgendeiner Seite, beide im Recht, beide im Unrecht; Stammesfehden, Zeitungsmeldungen erst ab mehreren Toten; andere Sorgen, noch nicht so überfüttert, das Leben ist hart, ein Sandsturm überdeckt alles, zumindest in dir, nur das knirschende Gefühl zwischen den Zähnen bleibt übrig, jenes der Ungerechtigkeit, der Rückständigkeit, der eigenen, sie, die anderen nicht verstehen können, trotzdem: „Tourism, the password to peace", du verlierst den Glauben daran, dieses Plakat der UNESCO im Fremdenbüro in Herat gesehen zu haben.

11. Panik in St. Ruprecht

„Ah die Wiener kommen", sagt Frau Krainer, die im Erdgeschoss aus dem Fenster schaut und mich sofort erkennt. Ich lache verlegen, schaue die dunkelbraune Gedenktafel an und lese: *„Erbaut 1955 aus den Mitteln des Wohnungswiederaufbaufonds unter Bundeskanzler Julius Raab"*, und wundere mich, dass sich in den mehr als zwanzig Jahren, die ich von zu Hause weg bin, nichts verändert hat. Erst nach der Frage *„Wie geht's immer?"*, die mir so beiläufig über die Lippen kommt, werde ich mir der Situation bewusst, in die ich mich selbst gebracht hatte. In die ich mich selbst bringe. Immer wieder. Ich hätte hier schon umkehren, von der Nachbarin keine Antwort abwarten, den Besuch bei meiner Mutter streichen, einfach umdrehen, auf und davon gehen sollen. Nein, nicht *sollen*, sondern *müssen*, auf und davon gehen *müssen*. Aber nein. Ich blieb, wartete noch die Wirkung meiner Frage ab, die ohnedies nur ein verlegenes *„Wie soll's schon gehen"* brachte und rede weiterhin so oberflächlich, wie ich es muss, um mich ja nicht in ein Gespräch zu verwickeln, das mich ohnedies nicht interessierte. Verdammte Scheiße. Was mache ich da? Warum komme ich immer wieder zurück in die Florian G. Straße, zu den Gemeindebauten, zu den sechs zweistöckigen Häusern, die abwechselnd grün und gelb angemalt sind? Die als besondere Eigenheit, für mich zumindest, im Haus Nr. 25 auf Türnummer 2, gleich vi savis der Haustüre, eine Wohnung haben, in der eine Frau wohnt, die meine Mutter ist. Ich renne die sechs Stufen hinauf und muss erst recht im Stiegenhaus warten, finde den Wohnungsschlüssel nicht, auf mein Klopfen – die Klingel funktioniert nicht – rührt sich nichts. Dann höre ich, wie das Guckloch in der Mitte der Tür geöffnet wird und eine Stimme *„Mein Gott, der Burli"* sagt. Es dauert eine Ewig-

keit von gut zwei Minuten, in der ich im Stiegenhaus allein bin und erlebe, wie unsere Nachbarin zu meiner Mutter sagt: *„So ein braver Sohn"*, als ich gerade die Stiegen aus dem Keller heraufkomme mit einem Korb gehackten Holz in der einen und einem Eimer Kohle in der anderen Hand. *„Mein Burli, mein Burli"*, sagt jetzt meine Mutter und ich ärgere mich, dass sie einen Augenblick zu früh aufgemacht hat (Ich hätte so gerne noch gehört, was sie damals über mich gesagt hat. Hat sie mich ebenfalls stolz gelobt, oder – wie immer – *„Loben's ihn nicht zu viel, das verdirbt den Charakter!"* gesagt?). Ihre kräftigen Arme umklammern mich, ich sehe, wie sie ihre Augen geschlossen hat und immer wieder dasselbe sagt: *„Mein Burli, mein armes Burli"*. Dann macht sie ihre Augen auf und sagt: *„Wie du wieder ausschaust!"* Wir stehen im Vorzimmer und ihre Umklammerung wird immer unangenehmer, bis sie mich dann doch loslässt und mich kritisch zu prüfen beginnt und mir dabei durch meine langen Haare fährt: *„In was für einer Gesellschaft du bist, mein armes Burlilein."* Ich schaue sie ohne zu antworten lange an und bemerke, wie sie verlegen ihr Kopftuch zu richten beginnt. *„Es ist von der Tante, aus Seide ist es, deshalb rutscht es so leicht"*, sagt sie entschuldigend.

Ich gehe vor ihr in die Küche, in der sie sich nochmals entschuldigt, wegen der Unordnung, und mir erklärt, dass sie heute Fasttag habe. Dann öffnet sie die Kredenz und sucht einige selbst gebackene Kekse, findet aber eine Flasche selbst angesetzte Arnika. Die drückt sie mir in die Hand – *„Für dich, zum Einreiben"*, sagt sie und beginnt eine Hektik an den Tag zu legen, die mich verunsichert. *„Ich mache uns einen Kaffee, ja?"*, fragt sie und stellt, ohne auf eine Antwort zu warten, einen viel zu großen Topf Wasser auf den Elektroherd. Jetzt umklammern mich ihre Hände schon wieder, es sollte eine liebevolle Umarmung sein, bei der sie mir von Neuem durch die Haare fährt. Ab diesem Augenblick denke ich nur noch ans Weggehen. Ich bin heilfroh, als sie mir vorschlägt, im Zimmer auf den Kaffee zu warten. Ein Bett, zwei Fauteuils, ein Tisch, ein

Kasten, ein kleiner Meller-Ofen und eine kleine Anrichte, das waren die Einrichtungsgegenstände – noch immer dieselben, heute, 20 Jahre nach meinem Auszug.

Ich ziehe im kombinierten Schlaf- und Wohnzimmer das Rollo des einzigen Fensters hinauf und sehe gekochten Reis am Fensterbrett liegen. Ich schaue in den Hof, der jetzt viel kleiner ist als zu meiner Zeit. Ich erinnere mich, wie ich aus dem Fenster gesprungen bin, um meiner Mutter davonzulaufen und mich in den Schrebergärten zu verstecken. Heute steht da ein protziger Neubau. Durchhalten, denke ich und schaue die kahlen Wände an, sehe am Tisch eine große Bibel liegen, daneben ein Betbuch, und frage mich, wie in diesem Raum drei Menschen so lange leben konnten. Plötzlich schaut meine Mutter herein und fragt mich, ob ich jemanden *„ihrer Geisteshaltung"* getroffen hätte. Ich frage, wie sie das meint, aber sie gibt keine klare Antwort.

„Na, du weißt schon!", sagt sie und ist sichtlich enttäuscht, als ich verneine. Dann schickt sie mich zum Lebensmittelhändler, um Kartoffeln, zehn Semmeln und als festliche Draufgabe sauren Rahm einzukaufen. Ich kaufe noch etwas Wurst und Wein. Als ich zurückkomme, weigert sie sich, den Wein anzunehmen. *„Ich darf nur 3 Liter pro Monat trinken, das habe ich dem Heiligen Geist versprochen."*

Ich sitze wieder im Zimmer und warte. Irgendwann kommt meine Mutter mit einem Tablett mit zwei Kaffeetassen und einer Kaffeekanne, die sie in einen roten Topf mit warmem Wasser stellt. Der Topf ist bereits an zwei Stellen gelötet. Der Kaffee schmeckt wässrig. Während des folgenden Gesprächs kommen Tauben aufs Fensterbrett, um den Reis zu fressen. Ich habe Angst, sie könnten dabei die Fensterscheiben kaputt machen.

„Hast du deinen Namen schon geändert?", fragt sie mich. Ohne eine Antwort abzuwarten, kommt immer wieder dasselbe: Der Vater war ein Verbrecher, ein Naziverbrecher. Sein Name ist ein gottloser Name, er beginnt mit *S, S wie Satan*. Ihr Name,

der Mädchenname meiner Mutter, beginnt mit G, G wie Gott. Wann werde ich ihr diesen Gefallen tun, den einzigen?

Ich esse die Kekse, lausche dem Gurren der Tauben und höre weg. Als sie fertig ist mit ihrer ewig gleichen Geschichte, erzähle ich von den Schwierigkeiten, einen Namen zu ändern und sage ihr so zum Trost, dass ich es mir noch überlegen werde. Sie steht auf, schließt das Fenster. Sie macht dies immer, wenn sie von Gott und Satan zu reden beginnt. Ich bin nicht gläubig genug, aber sie ist es, und wenn ich nicht tue, was sie sagt, bekomme ich ihr Grundstück nicht. Obendrein soll ich an meine Schwester denken, die nur deshalb so früh gestorben ist, weil sie so gottlos war.

„Du musst in der Früh aufstehen und dich kalt waschen, hörst du, deinen ganzen sündig en Körper kalt waschen, den ganzen Körper reinigen, das säubert auch deinen Geist", sagt sie, fleht sie, beschwört sie mich. Ich höre weg und rede von einer Kneippkur, die sicher ganz gesund ist.

„Wie deine Haare ausschauen", sagt sie, noch bevor sie ihre Augen schließt und mich da sitzen lässt. Ich schlage ihr nach einiger Zeit vor, etwas spazieren zu gehen, doch sie lehnt ab. (So wie immer: Sie verlässt die Wohnung so selten wie möglich, während ich mich außerhalb der Wohnung in Sicherheit fühle, ist sie es hier. Hier ist der Herr. Das Familienoberhaupt, die schwache Mutter, die sich den Heiligen Geist wann und wie immer sie ihn braucht, zu Hilfe holte. Damit schüchterte sie uns ein. Zwang uns, in die Kirche zu gehen, die Hausübungen zu machen und ihr zu folgen …) Da war sie wieder, unsere Mutter: Sie befahl, wir folgten, sie teilte Prügel aus, wir weinten, sie sprach von der Strafe Gottes, und damit war jeder Widerstand – der übers Auf-die-Straße-hinaus-Laufen ging – zwecklos, ja, war Sünde. (Davonlaufen war schon Sünde genug. Sie trieb mich dann auch nach einigen Stunden nach Hause zurück. Aber einen Vorteil hatte dies schon: Der Heilige Geist zu Hause hatte sich beruhigt.)

"Du sollst Vater und Mutter ehren." Vater hatten wir keinen. Nur einen Großvater, der Mutter anfangs half, mit ihrer kleinen Witwenpension auszukommen, später aber für uns die einzige Rettung war. Er sagte zwar nicht viel, gab aber vor allem mir etwas Geld und machte mich dadurch von ihr unabhängig. Später half er mir beim Studium. Sie hasste ihn auch deshalb. Ich liebte ihn. Sie liebte etwas anderes. Die Kirche. Anfangs die evangelische Kirche, die ihr dann, weil es meiner Mutter bei den Gottesdiensten zu wenig heilig zuging, nicht genügte. Jetzt war sie zu römisch-katholisch übergetreten. Vor allem in der Domkirche, speziell in der Morgenmesse, soll der Heilige Geist besonders stark wehen, sagt sie. Glaubt sie. Glauben tut sie überhaupt gern. Daran kann sie sich festhalten. Später, als ihre Tochter an Krebs starb, wurde das Glauben zu einem Festklammern. Einem „SichVerbeißen". Ein Leben, das sich auf Rituale beschränkte, freitags fasten, sonntags beichten und die Woche über Buße tun. Was sich rundherum um sie zutrug, war nur eine Bestätigung ihres Glaubens. Geschah etwas Angenehmes, was selten bis kaum vorkam, gab es Dankopfer. In einer dieser langen Pausen, die sie vor mir sitzend mit geschlossenen Augen und gefalteten Händen entstehen lässt, sage ich, dass ich jetzt gehen müsste. Plötzlich ist sie wieder ganz da, geht aus dem Zimmer und ich stehe auf und weiß nicht, was ich tun soll. Kurze Zeit später kommt sie zurück und sagt, dass sie mir noch den Kopf waschen werde. Ich weigere mich. Dann passiert einer dieser Überraschungsmomente, di e mich schon als Kind ganz aus der Fassung gebracht haben. Ihre abgearbeiteten Hände umklammerten mich, ich sehe ihre muskulösen Arme und bekomme Angst. Ich stelle mir vor, wie mich diese Arme in eine Aluminiumschüssel tauchen, mir heißes Wasser über den Kopf schütten, meine Kopfhaut verbrennen und mich dann zu schrubben beginnen … Wie meine Mutter ihre ganze Kraft verwendet, mich endlich reinzuwaschen. Rein für immer. Sie starrt mich an. Aggressiv, böse, unverstanden …

"Wir alten Frauen müssen uns tagtäglich von Kopf bis Fuß waschen", sagt sie noch, bevor ich mich frei mache. Genau so wie früher, wie ich es immer tun werde. Ich laufe noch immer und sehe, wie mich die auf der Straße herumstehenden tratschenden Hausfrauen angaffen. Wie sie ihr Gespräch unterbrechen, mich mustern, sich mein Bild einprägen.

Je länger ich laufe, desto mehr Angst bekomme ich. Ich bin schon einige hundert Meter von der Wohnung entfernt und fürchte noch immer, dass die Leute auf der Straße gemeinsame Sache mit meiner Mutter machen. Dass sie das, was sich zwischen meiner Mutter und mir abspielte, nur zu gut verstehen können. Dass die anderen Frauen sich an ihre davongelaufenen Kinder, ihre verlorenen Söhne und Töchter, erinnern und gerne bereit sind, zu helfen. Wie sie mich von allen Seiten einkreisen, mich zurückholen wollen, mich nicht auskommen lassen. Mich so lange festhalten, bis sie mich endlich ganz unter Kontrolle haben. Ich laufe durch die Straßen der Stadt, durch meine Kindheit, meine Schulzeit, meine erste Arbeit in K. … Noch in Wien – zwanzig Jahre später – ertappe ich mich öfters dabei, wie ich vor lauter Davonlaufen zu nichts anderem komme. Nächsten, von mir bestimmten, Muttertag fahre ich nach K. und werde meiner Mutter sagen, dass ich mit ihr Schluss mache.

(Ende)

Der Autor

Bernd Sibitz wurde 1944 in Pernitz (Niederösterreich) geboren, kam jedoch schon im Alter von 14 Tagen (!) nach Klagenfurt und ist dort aufgewachsen. Er studierte Welthandel an der Wirtschaftsuniversität (WU) Wien und „Internationale Beziehungen" in Bologna.
Veröffentlichungen in der Literaturzeitschrift „Wespennest", Literatur & Kritik und ORF-Musikbox.
Sibitz ist Mitglied der IG-Autoren/Buch 13.

Manfred Georg Traar wurde 1943 in Villach geboren. Er beschäftigt sich bereits seit jungen Jahren mit der Malerei. Am Aquarellmalen fasziniert ihn der Farbfluss, das saugende Papier und die leuchtende Landschaft. Große Vorbilder sind Boeckl, Hradil und die englischen Meister.
Traar ist Mitglied des Kunstvereins Velden.
(„Die Arbeiten zum Buch meines Freundes Bernd Sibitz habe ich mit Freude gestaltet!")

novum ▲ VERLAG FÜR NEUAUTOREN

Der Verlag

*Wer aufhört
besser zu werden,
hat aufgehört
gut zu sein!*

Basierend auf diesem Motto ist es dem novum Verlag ein Anliegen neue Manuskripte aufzuspüren, zu veröffentlichen und deren Autoren langfristig zu fördern. Mittlerweile gilt der 1997 gegründete und mehrfach prämierte Verlag als Spezialist für Neuautoren in Deutschland, Österreich und der Schweiz.

Für jedes neue Manuskript wird innerhalb weniger Wochen eine kostenfreie, unverbindliche Lektorats-Prüfung erstellt.

Weitere Informationen zum Verlag und
seinen Büchern finden Sie im Internet unter:

w w w . n o v u m v e r l a g . c o m